ホオズキくんの
オバケ事件簿（じけんぼ）
6

オバケは鏡（かがみ）の中（なか）にいる！

富安陽子 作　小松良佳 絵

なんだ
これは？
うちの
クラス
じゃないか
オバケに関するご相談は、
オバケ探偵団に！
こわいオバケ、しつこいオバケ、
こまったオバケ……。
どんなオバケでも、だいじょうぶ。
オバケのプロが、ズバッとかいけついたします。
ご相団、ごれんらくは
4年1組 橋本
4年1組担任 広沢洋先生（ヒロヒロ）
そういえば
ねえ
知ってる？
ホオズキくんって
スゴうでの
オバケ探偵なんだって
鬼灯京十郎
（ホオズキくん）

チーフはおマツ
赤松千裕（おマツ）
助手はマサキくん
SHINING STAR
橋本真先（ハシモト、マッサキ）
三人でオバケ探偵団やってるんだって
へー
けっこう相談してる子いるらしいよ
オバケ探偵団か…

もくじ

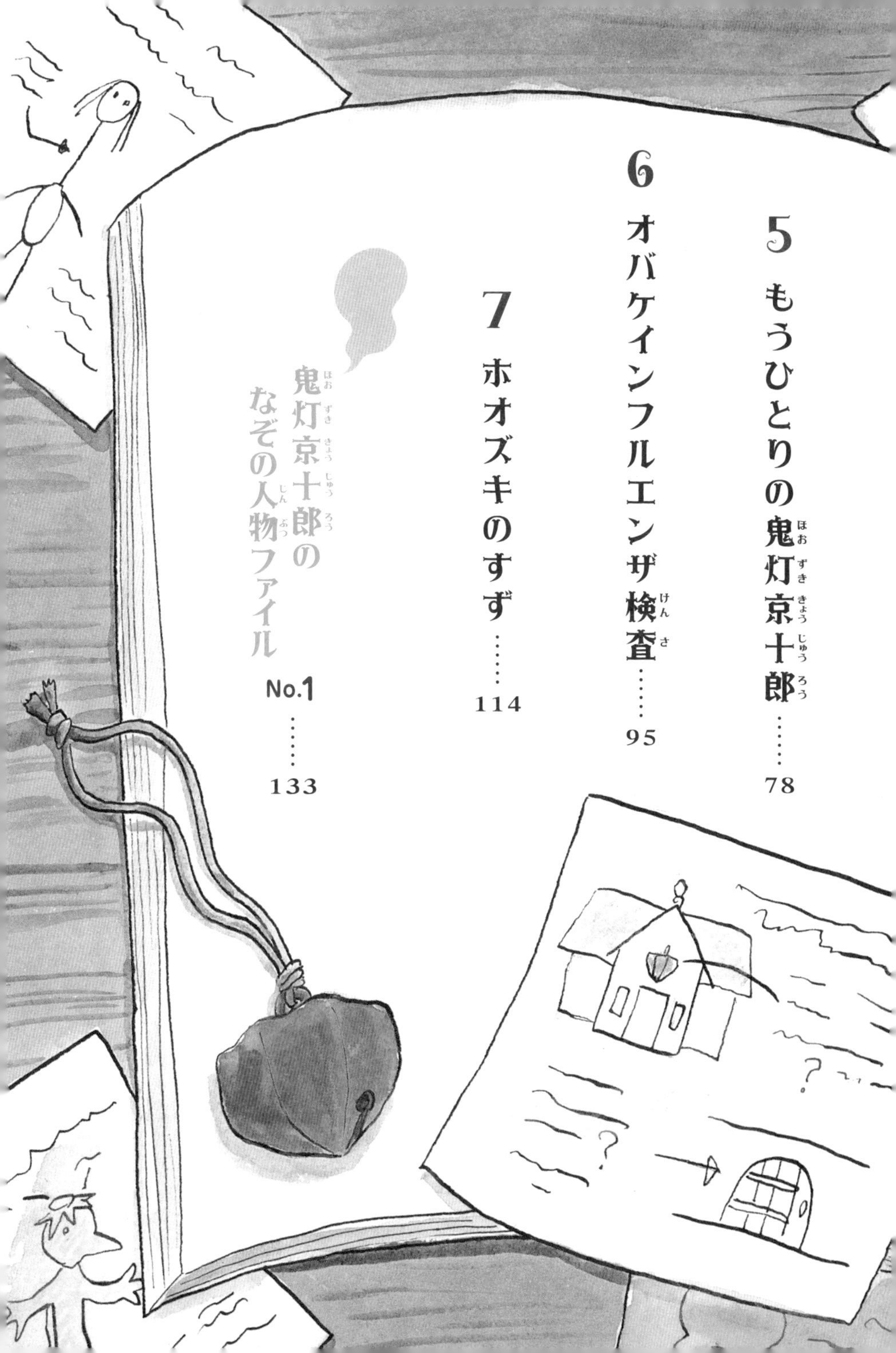

1

依頼人は広沢先生

十二月に入って、冬休みは目前。町はすでにクリスマスムードでもりあがっている。

ただ、学期末になって、最近やたらとテストが多いのには、うんざりだ。今日も、このまえやった算数のテストがかえってきた。

ひとりずつ名前をよばれて、教壇のヒロヒロの所まで答案用紙をとりにいく。ヒロヒロっていうのは、つまり、ぼくたち四年一組の担任の広沢洋先生だ。もちろん、本人にむかって「ヒロヒロ」なんていわないけどね。

「橋本真先」

と名前をよばれたぼくは、先生から答案用紙をうけとって、ちょっと、ほっとした。78点……。まあまあだ。それなのに、答案をかえしたヒロヒロが、ほっとしているぼくに、こそこそっとささやいたんだ。

「今日、放課後、ちょっと残ってくれ」

「え？」

なんで？　どうして？　居残り……？　ぼくの頭の中は、でっかい〈？マーク〉でいっぱいになる。

まさか、78点で居残りだなんて！　38点とかならしかたないけど、78点はセーフだろ？　ありえない！　それに、今のひそひそ声はなんだ？　まるでないしょ話でもするみたいだったけど……。

出席番号14番のぼくが混乱しながら席にもどるのと入れちがいに、名

前をよばれた出席番号15番の京十郎が前に出ていくのが見えた。

京十郎は、鬼灯なんていう超めずらしい名字の持ち主なんだ。ホオズキはホで始まるから、出席番号はハシモトの次。

答案をうけとってもどってきた京十郎が、横を通りすぎようとしたとき、ぼくはよびとめてきいてみた。

「何点だった？」

「81点」

京十郎がボソッと答える。

「居残りしろって、いわれた？」

さらにたずねてみる。

「え？　居残り？　なんだ、それ？」

首をかしげて京十郎はそのまま、自分の席にもどっていった。

どうやら、居残りしろとはいわれていないようだ。81点はセーフで、78点はアウト?

いよいよ頭の中が〈?マーク〉だらけになる。

わけがわからないまま、その日ぼくは、放課後の教室に残った。残されたのは、ぼくひとり。

クラスのみんなが出ていって、がらんとした教室で、ぼくは広沢先生とふたりっきりになった。

なにをいわれるんだろう? と、ちょっと緊張しているぼくに、広沢先生はこういった。

「うちのクラスに『オバケ探偵団』っていうのがあるらしいな。きみ、知ってるよな?」

ぎくりとしながら、ぼくは、ごくりと息をのみこんだ。

もちろん、知っている。

オバケ探偵団は、おマツが結成した、オバケ事件専門の探偵団だ。おマツというのは、同じクラスの赤松千裕っていう女子なんだけど、そのおマツが、オバケが見えちゃう京十郎の才能に目をつけて、結成したのが、四年一組の「オバケ探偵団」なんだ。おマツがチーフで、京十郎が探偵、なぜかぼくは助手。

結成してから、今までに、ぼくたち探偵団はすでにいくつかのオバケ事件を解決してきていた。しかし、まさか、担任の先生の耳に、オバケ探偵団のうわさが入っていようとは……。

なんと答えればいいのかわからなくて、だまりこんでいるぼくにむかって、広沢先生は、さらにことばを続けた。

「チラシ、くばってたんだろ？『オバケに関するご相談は、オバケ探偵団に！』っていうやつ。『オバケに間する』の『間』、まちがってたぞ。あの場合の『かん』は、関東の『関』だ。あと、『相団』の『団』もまちがってたんじゃないか？　ちゃんと書かないと、はずかしいぞ」

そんなことをいうために、先生はぼくに居残りを命じたんだろうか？　チラシの誤字を正すために？　でも、あのチラシは、おマツがかってに作って、かってにくばったチラシで、ぼくに責任はない。そういおうとしたら、広沢先生がまた口を開いた。

「チラシの最後に『れんらくは、4年1組の橋本真先まで！』って書いてあったからさ、それで、今日残ってもらったんだ」

れんらくさきをぼくにしたのも、おマツだ。

「先生、あのチラシはおマツ……赤松さんがかってに……」

いいかけるぼくのことばを、広沢先生がさえぎる。

「じつは相談があってさ」

「え？」

ぼくはことばをのみこみ、ぽかんとして広沢先生の顔を見つめた。

「相談ていうと……？」

問いかけるぼくの前で、広沢先生がこまったように頭をかく。

「どうも、おかしなことが続いててさ、もしかして、オバケに関係あるんじゃないかって思ってるんだよ。でも、大の大人が、そんなこと、だれかに相談したらわらわれそうで……。あれこれなやんでたら、ふと、思い出したんだ。ずっとまえ、廊下にまるめてすててあったチラシのこと。つまり、きみたちの『オバケ探偵団』のチラシのことをね」

おマツは、チラシを四年生全員のげた箱にくばっていた。きっと、げた箱に入ってたチラシをだれかが廊下にすてたか落としたかして、それを広沢先生がたまたまひろって読んだのだろう。

広沢先生は真剣な顔で、ぼくの顔をじっと見つめた。

「どんなオバケのことも、オバケのプロがズバッと解決するって、本当か?」

先生は、チラシの内容をよくおぼえている。

「え……、はい……。まあ……本当です」

ぼくは、やっとの思いでうなずいた。

「じゃあ、たのむよ」

と、身をのりだすようにして先生はいった。

「ぼくのなやみも、ズバッと解決してくれ。よろしくたのむよ」

担任の先生に、「よろしくたのむ」なんていわれ、ぼくはちょっぴりドギマギしたけど、悪い気分じゃない。

「わかりました。まかせてください」
なんていって、むねをはってみせる。
「それで、そのなやみって、どんななやみですか？　オバケと関係あり
そうってことですけど……」
専門家ぶって、ぼくがたずねると、先生はポツポツと話し始めた。
それは、こんな話だった。
今年の夏休み、広沢先生は新しい家にひっこしたのだそうだ。
「今までは実家ぐらしだったんだけど、学校まで通うのが遠くてさ。い
い家が見つかったらひっこそうって、ずうっと思ってたんだよ」
と、先生はいった。
その、いい家が見つかった。学校の最寄り駅からふたつはなれた駅の
近くにたつワンルームマンションの一階角部屋。駅から近いのに、家賃

も格安だったんだそうだ。

「たって二年ぐらいで、まだ新しいし、室内もきれいで、日あたりも良好。これだ！って思って、八月末にすぐひっこししたんだ」

つまり、先生がその家に住み始めてもう、三か月以上になるということだ。

「その家なんだけどさ、なあんか、おかしい感じなんだよな。入ったときから部屋の中がざわついてるっていうか、ぼくのほかに、だれかいる感じがするっていうか……」

「え？　だれか、いる？」

ぼくは、ゾゾッとしながらききかえした。

「うん、そう」

うなずいて、先生は続ける。

「棚の上にのっけてあったものが、ひとりでに床の上にころがったり、クッションとかの位置がかわってたり……、ぼくの後ろをだれかが通りすぎていく感じがしたり……」

ぼくは、もっとゾクゾクしながら、広沢先生の顔を見た。

「それって、ゆうれいなんじゃない？　だれかが、むかし、その部屋で殺されてた、なんてことありませんか？」

「ない、ない」

先生は顔の前で手をふって、ぼくのことばを打ち消した。

「もし、そんなことがあったんなら、不動産屋さんがそういったはずだよ。まあ、確かにまだたって二年めの新築マンションなのに、ぼくの部屋だけは、どういうわけか住人がいつかないっていうんで、家賃がほかの部屋より安かったんだけどさ。でも、ゆうれいが出るっていうのとはちがうと思うんだ。だって……」

「だって？」

ぼくは、おそるおそるききかえして、先生の次のことばを待った。

「このまえの夜、くしゃみがきこえてね。ハクションて、えんりょがちな、ちっちゃなくしゃみ……。あれ？って思って、きこえた方に目をむけたら、鏡にうつってたんだ。そうだなあ……、三、四歳ぐらいのちっちゃい男の子だと思うけど、こっちに背をむけてたね。紺色の半パンに白っぽいシャツ。ぎょっとして、部屋の中をきょろきょろ見まわしたけど、だあれもいないんだよ。でも鏡にははっきり、ちっちゃな男の子の後ろ姿がうつってる。

……で、『おい！』って、その子に思わず声をかけたら、そしたら、鏡の中のその子がこっちをふりむいたんだ」

ごくり……と、ぼくは緊張のあまりつばをのみこんだ。

先生が、ぼくの顔を見つめて、次のことばをいった。

「その子、目がひとつしかなかったんだよな。おでこのまんなかに、目がひとつ。……それって、ほら、あれだろ？　ゆうれいじゃなくて、ひとつ目小僧っていうオバケだろ？」

2　オバケ調査、決定！

四年二組担任の、ピリッときびしい小西由美先生とちがって、一組担任の広沢洋先生は、どこか、ポヨンとしたのんきな先生だ。

今回だって、三か月にもわたって、説明のつかないあやしい目にあっているわりには、あんまりせっぱつまったようすがない。

先生が、鏡にうつるのを見たオバケは、ひとつ目小僧だけではないらしい。なんか、フワリとした白くて細長いやつがうつったことがあるっていうし、黒っぽくてまるい目玉のついたボールみたいなやつもうつったっていうんだ。

「こわくないんですか？」

ぼくがきくと、先生は「うーん」と考えこんでから、

「べつに、なんか悪いことするわけでもないし、こわいってことは、ないんだけど、ほっとくのもどうかなぁ……って思って」

なんて、やっぱり、のんきなことをいった。

広沢先生は、ひっこしてからの三か月、けっこういそがしかったらしい。二学期は、運動会だとか、遠足とか、音楽会なんかの学校行事もあるので、そのじゅんびもしなくちゃいけないし、休みの日には実家に、まだ運びきれていなかった荷物をとりにいかなくちゃならないし……。

そんなわけで、一日ゆっくり、朝から晩まで新しい家ですごすチャンスが、なかなかなかったらしいんだ。

ところが、このまえの日曜日、ひさしぶりに用事もなく出かける予定

もなかった先生は一日じゅう新しいワンルームマンションの部屋にいた。

「そしたら、これが、ずいぶんさわがしいんだよ。なんか、くしゃみとか、せきとか、はなをすする音とかするし、鏡には、さっきいったとおり、へんなものがうつるし……。それで、やっぱりなんとかしなきゃなって思って……。そのとき、あの、オバケ探偵団のチラシを思い出したっていうわけだ」

「そうだったんですか」

ぼくは、広沢先生ののんきさにあきれればいいのか、オバケにも動じないその根性に感心すればいいのかわからないまま、あやふやにうなずいた。

「だからさ、ま、よろしくたのむよ。なんとか、ズバッと解決してくれ。そしたら、あの部屋も、もっと住みやすくなると思うんだよな」

そういう先生を残して、ぼくは教室を出た。

おどろいたことに、廊下に出るといきなり、「ハシモト！」と声をかけられた。

ぼくのことを、ハシモトってよびすてにするやつは、おマツしかいない。幼稚園の年少組から四年生の今までクラスがいっしょで、ぼくのあらゆるはずかしい思い出を全部、バッチリおぼえている赤松千裕だ。

「ハシモト。居残りご苦労さん」

廊下の角から現れたおマツが、ポンとぼくのかたをたたいた。

「ね、なんで残されたの？　やっぱ、今日かえってきた算数のテストの件だった？　ハシモト、そんなに悪かったんだ……」

おマツがぼくのことを心配しているわけではないことを、ぼくはよーく知っていた。おマツはとにかく好奇心のかたまり……っていうか、やじ馬根性のかたまりみたいなやつなんだ。

「ちがうよ」

ぼくは、あわてて否定する。

「テストは関係ない」

「じゃ、なんの話だったの?」

おマツは、いよいよ興味しんしんで質問してきた。

「広沢先生にたのまれたんだよ。

オバケ探偵団に、ズバッと解決してくれって」

「なにを?」

「なにをって、つまり先生の
新しくひっこしたワンルームマンションに
出るオバケのことを……」

ぼくがそう答えたとたんおマツは、

「なんで、それを、さっさといわないのよ」

といいすてて、いきなり、今、ぼくがしめたばっかりの四年一組の教室の戸をガラリとひっぱりあけた。

そして、まだ教室の中にいた先生にむかって、明るく声をかけたんだ。

「先生！　オバケ探偵団にオバケ調査をご依頼くださったそうで、ありがとうございます。あたしは、探偵団のチーフをしている赤松千裕と申します」

名前なんか、わざわざ名乗らなくたって担任の先生は知ってるにきまってるのに、そんなことをいって、教室へ入っていく。

「先生の住んでるワンルームマンションにオバケが出るってことですけど、一度、現地調査にうかがいたいと思いますので、都合のいい日を教えていただけますか？　明日の土曜日なんかどうでしょう？」

先生が「え？　あ、う……」とかいってるあいだに、おマツは明日の土曜日、先生の家に調査にいくことを、ちゃっかりOKさせてしまった。

「じゃ、問題ないようなので、明日、お宅へ調査にうかがわせていただきますね。すみませんけど、お宅までの道順を教えてもらえますか？」

てきぱきと話を進めていくおマツのことをぼくは感心しながらながめていた。

広沢先生は、おマツの勢いにおされ、ほとんどなにもいいかえせないまま、机の上にあったプリントのうらに地図をかいている。

先生に、現地調査をOKさせ、地図をゲットして、「じゃあ、明日、よろしくおねがいしまーす」といって教室を出るまで、たったの五分。

（おそるべし、おマツ！　やっぱり、おマツにはさからわないでおこう）

と、ぼくは心の中で思っていた。

教室を出たおマツが、ぼくに話しかける。

「さてと、あとは、ホオズキくんへのれんらくね。現地調査にはホオズキくんもいっしょにいってもらわないと意味ないから……。ハシモト、ホオズキくんへのれんらく、たのんだわよ」

「え？　れんらく？　どうやって？　あいつもう、帰っちゃったんじゃないかな……」

とまどうぼくに、おマツがたたみかける。

「帰っちゃったんなら、家までいけばいいでしょ？　あんたたち、家、近いんだから。とにかく明日の土曜日、先生んちの最寄り駅の改札で、一時だからね」

そういって、おマツはいってしまった。

ぼくはしかたなく、学校を出ると、そのまままっすぐ京十郎の家へとむかった。

国道をわたって、ちょっといくと、キリン公園という小さな公園がある。キリンの形をしたすべり台があるから、キリン公園。公園のおくの階段をのぼったさきには、桜西町と桜東町というふたつの町が広がっていて、ぼくの家は西町、京十郎の家は東町にある。

ヒロヒロからの依頼のことを、京十郎になんといって説明しようかな？　とか、明日の現地調査、京十郎はいっしょにいくっていうかな？　とか考えながら、キリン公園に入っていくと、公園のすみっこの草むらの所にしゃがみこんでいる人かげが見えた。

「あ、京十郎……」

ぼくが思わず声をかけると、しげみの前の子がこっちをふりむいた。

ふりむいたとたん、ぼくは「あれっ？」と首をかしげた。

「……じゃなくて、もしかして、京十郎の兄さんか？」

「よくわかったな」

そいつがニヤリとわらった。京十郎には、京四朗という双子の兄がいるんだ。四年二組の京四朗は、ぶあいそうな弟とちがって、明るくてフレンドリーで、そしてなにより、学校ではいつもトレードマークのめがねをかけている。ところが今日の京四朗は、めがねをかけていなかった。だから、いっしゅんぼくも、京十郎と見まちがえたんだけど、ふりむいたときの表情ですぐわかった。京十郎なら「なんだよ」って、ムッとした顔でこっちをふりむいていたはずだ。

「おーい！　京十郎！　一組の友だちがきてるぞー！」

京四朗が親切にそう声をかけると、すべり台のかげから、京十郎がきげんの悪そうな顔をつきだした。

「一組の友だち？　なんだ、マッサキか」

ほら、この顔だ。にこやかとは真逆の顔。

「なにやってんの？　兄弟そろって……」

ぼくがそうきくと京十郎ではなくて、兄きの京四朗が答えた。

「オバケさがしてんだよ。ワムワムっていう超レアなやつ」

「え？　ワムワム？　超レア？　どこにいるの？」

きょろきょろするぼくに、京十郎がつめたくいった。

「いないから、さがしてんだよ」

いちいちカチンとくるやつなんだ、京十郎ってやつは……。

「ワムワムってさ、頭が三つあるちっちゃいヘビみたいなオバケなんだぜ。絶滅したっていわれてたんだけど、このごろ、目撃情報が相次いで

て……。だから、ひょっとしたら、ぼくたちも発見できるかもって思って、それで、ふたりでさがしてたんだよ。な？　京十郎」

京四朗が、ぶっきらぼうな弟に、そういうと、京十郎はめんどくさそうに「ああ」とうなずいたが、すぐとくい顔になって、オバケのことを説明し始めた。

「ワムワムは、頭が三つってだけじゃないんだ。それぞれの頭が、それぞれすっごくきれいな声でさえずるんだよ。まるでうたうみたいに……。三つの頭がいっしょにさえずると、ハモってるみたいにきこえるらしいぜ。すごいだろ？」

ぼくは、べつに三つ頭のうたうヘビに興味はなかった。ただ心の中で、

（そうか……。オバケさがしちゅうだったから、京四朗はめがねをかけてないのか）

と納得した。鬼灯一家はみんな、オバケが見えちゃう体質で、京十郎以外の家族は全員、いつもめがねをかけている。そのめがねは、オバケを見えないように視力を矯正する特別なめがねだって、京十郎からきいたことがある。ただし、京十郎だけは、めがねもききめがないらしい。オバケが見えすぎちゃって、めがねぐらいじゃどうしようもないっていうんだから、ほんと、気の毒なやつだ。

「あのさ、京十郎、ちょっと、話があるんだけど……」

　ぼくが、そう切りだすと、

「なんだよ」

と、ふきげんな顔でこっちを見る京十郎に京四朗が声をかけた。

「じゃ、オバケさがしは、ここまでだな。ぼくはもう帰るからな」

「えっ？　もう、帰んの？　もうちょい、さがそうぜ」

と、京十郎は不服そうだ。

「やっぱ、むり。ワムワムなんて、こんな町中でかんたんに見つかるわけないじゃん。さがしたいんなら、おまえひとりでさがせよ。じゃあな」

京四朗はどうやら、オバケさがしにうんざりしていたらしく、ぼくの登場をチャンスとばかりに「バイバイ」と手をふって帰ってしまった。

「なんだよ、話って……。今、いそがしいんだから、話すならさっさと話せよ」

京十郎は、険悪な目つきでにらむようにぼくを見た。

「あのさ、オバケ探偵団に依頼が来たよ。担任の広沢先生から……。先生がひっこした新しい家にオバケが出るから、なんとかしてほしいんだってさ」

「新しい家？　オバケが出る？　どんな？」

京十郎はかなり興味をひかれたようだったが、まだ半分あやしむようにぼくを見てきいた。

「先生さ、夏休みのおわりに、ワンルームマンションにひっこしたらしいんだけど、その新しい家の中が、なんかザワザワしてる感じだったんだって。くしゃみとか、せきの音とか、はなをすするような音もきこえるっていってた。そしたら、このまえの夜、鏡にうつったんだって。ひとつ目小僧が」

「えっ？　ひとつ目小僧？　まじか？」

京十郎の目がランランとかがやくのがわかった。

「ほんとに、ひとつ目小僧がうつったのか？　ひとつ目小僧っていったら、絶滅危惧種だぞ。このごろほとんど目撃情報がなくって、もしかしたらもう絶滅したんじゃないかっていわれてたんだぞ。その、ひとつ目小僧が、先生んちの鏡にうつったっていうんだな？」

京十郎の勢いに、たじたじとなりながら、ぼくは、「う……うん」とうなずいていった。

「くしゃみがきこえて、そっちを見たら、鏡の中にちっちゃな男の子の後ろ姿が見えたらしいよ。……で、その子がふりむいたらさ、目が、おでこのまんなかにひとつしかなかったんだって。ほかにも、目玉のある黒いボールみたいなやつとか、白っぽくて細長いへんてこなやつとかも、鏡にうつったことがあるらしいんだ」

「ひとつ目小僧だけじゃないのか？　ほかにも、オバケが出るんだな？　ほんとに、先生が、そういったのか？　冗談じゃないよな？」

「冗談なんかじゃないよ。ぼく、直接きいたもん。ヒロヒロ……広沢先生、大まじめだった」

ぼくがそう答えると、京十郎はとつぜん「よっしゃあ！」とさけんだ。

「いいぞ、ヒロヒロ！　いいとこに、ひっこしてくれて、ありがとう！」

「い……いいとこって、オバケの出るワンルームマンションのこと？」

ぼくは、あきれながら京十郎にたずねてみた。

京十郎が、力をこめてうなずく。

「そう。そんなマンション、めったにないからな。世の中には、たまあに、オバケがよってくるスポットがあるんだよな。オバケのふきだまりみたいな。理由はわかんないけど、そういう所には、オバケがいつも、うようよしてるんだ。でも、たいがいそういう場所っていうのは、人里はなれた山の中とか、めったに人のよりつかない森のおくとかが多いんだけど、まさか、町ん中のマンションが、オバケのふきだまりになってるなんて、夢みたいだ……」

うっとりしている京十郎を見ながら、ぼくは完全にくじけそうになっていた。

夢は夢でも、これは、最悪の悪夢だ。オバケがうようよいるマンションに、オバケ調査にいくなんて！　オバケのふきだまりに、わざわざ、のこのこ、出かけていくなんて！

（調査のことはだまっとこうかな……。おマツには電話で『京十郎は来られないって』っていえば、明日のオバケ調査はナシになるかも……）

そんなぼくの心を完全にむしして、京十郎が明るくいった。

「それで？　いつ調査にいくんだ？　なんなら、今からでもいいぜ」

「え？　今から？　さっき、今、いそがしいっていってたじゃんか」

ぼくがいいかえすと、京十郎はニヤリとわらった。

「こんなとこでオバケさがしをしてるより、オバケが集まってるとこにいった方がいいにきまってるだろ？　楽しみだなあ。どんなやつがいるかなあ……。ひとつ目小僧もワムワムも見つけられるかもしんない。新種のオバケだって発見できるかもしれないんだぞ」

そういうと、京十郎はもう一度、うれしそうにニヤーリとわらった。まるで、でっかい魚を目の前にしたネコが舌なめずりしてるみたいだなって、ぼくは思った。

しょうがない。こうなったら、おマツからの伝言を伝えるしかない、とかくごをきめる。

大きなため息をひとつついてから、ぼくは、京十郎に告げた。

「明日一時に駅に集合だってさ。先生んちの駅はね……」

3

鏡の中へ

広沢先生のワンルームマンションは、ぼくの家のある駅からふたつさきの『神ノ森』という駅のそばにあった。

本当は、校区外に子どもだけで出かけるのはNGなんだけど、担任の広沢先生の家に、クラスメイトといっしょに遊びにいくんだっていったら、お母さんは、こころよく許してくれたうえに箱入りクッキーのおみやげまで持たせてくれた。

待ちあわせは神ノ森駅の改札だったけど、ぼくと京十郎とおマツは、結局同じ電車に乗りあわせてしまったので、三人そろってガタゴトと電車にゆられ、神ノ森駅を目ざすことになった。

神ノ森の駅前は、にぎやかな商店街になっていて、パン屋さんやおそうざいを売る店や八百屋さんなんかが、ごちゃごちゃとたちならんでいる。そんな店と店のあいだの通りをまっすぐ歩いていって、店並がとぎれた所の交差点を左に折れる。

「あっ、あれだ。ほら、ちっちゃな公園。あの公園のとこを右にまがるんだって」

おマツが通りのさきに公園を見つけて、プリントのうらの地図と見くらべながらそういったとき、その公園の木かげから歩み出た人がいる。

「おうい！　待ってたぞお」

広沢先生だ。ぼくたちをむかえに出てきてくれていたらしい。

学校で見るときよりラフな感じの、ジーンズに白のポロシャツ姿で、足にサンダルをつっかけていた。

「道、すぐにわかったか？」

とたずねる先生に、

「バッチリでした」

とおマツが答える。

先生は、ぼくたち三人の顔を見まわして、

「悪いな、休みの日に」

といって歩きだした。

先生の住むワンルームマンションは、公園に面したうら通りぞいにあった。茶色っぽいタイルばりの外装の、まだ新しい三階だての建物だ。二階と三階には三つずつバルコニーがならんでいるから、三つずつ部屋があるのだろう。でも一階は、玄関ホールと自転車置き場にスペース

をとられていて、部屋は先生のひと部屋だけのようだった。

京十郎は、マンションの前でなぜか、ポケットから方位磁石らしきものをとりだし、しきりに方角を確かめている。

京十郎のポケットの中には、いつもいろんなものが入っていることをぼくは知っていた。魔よけのお札なんかは、ハンカチ、ティッシュといっしょに必ず持っていてあたりまえ。ほかにもいろいろ、オバケ関連のアイテムが、ポケットから出てきたことがある。

「うーん……。なるほど」

方位磁石を見た京十郎が、つぶやくのがきこえた。

「先生の部屋は、北東の角部屋か……。鬼門にあたるってことだな」

「鬼門ってなに？」

おマツが京十郎のつぶやきをキャッチして、たちまちききかえす。

「鬼門も知らないのかよ……」

京十郎はぶつぶついってから、説明してくれた。

「鬼門っていうのは、鬼や魔ものが出入りする方角のことだよ。むかしから、そういうやつらは北東の方角からやってくる、っていわれてんだ」

鬼や魔ものがやってくるような所にたってる家に、ぼくはぜったい住みたくない……と思ったんだけど、広沢先生はあんまり気にしていないようだった。

「ぼくは、あんまり、占いとか方位とかって、気にしない方だからな」

そういいながら、先生はさっさと自分の家のドアをあけた。

「ま、どうぞ、入ってくれ。せまい所だけど。どうぞ、どうぞ」

そううながされ、ぼくたちは四角い玄関にぎゅうぎゅうづめになりながらくつをぬぎ、先生の家にあがりこんだんだ。

先生の家は、玄関からおくにむかって細長くのびるワンルームだった。玄関を入ってすぐの所に、洗面所とかおふろとかトイレとか小さなキッチンとかがかたまっていて、そのさきにある部屋のおくにはバルコニーに出るガラス戸が見えていた。どうやら、バルコニーが、さっきの公園に面しているようだ。

「中に入って、まあ、てきとうにすわってくれ。ジュース、のむだろ？コートは、ベッドの上においていいぞ」

「ありがとうございます」

ぼくとおマツは、そういいながら、部屋に入った。

部屋にはベッドと、四角い小さなテーブルと本棚とテレビなんかがおいてあって、先生とぼくたち三人でもう満員という感じだった。

おもては寒かったけど、ヒロヒロの家の中は、エアコンとバルコニーからの日ざしで、ぽかぽかと暖かい。

冷蔵庫からジュースをとりだそうとしている先生に、ぼくはおみやげのクッキーをさしだした。

「先生、これ、どうぞ。おみやげです」

「え？　いいのか？　悪いな、気をつかわせちゃって……」

「いいです、いいです。家にあったやつだから……」

そんなことをいいながら、ぼくはふと、京十郎がまだ玄関につっ立ったままなのに気づいた。

玄関に立って、こっちに背中をむけたまま、じっと、しまったドアの方を見ている。

「おい、京十郎。なにしてんの？」

ぼくが声をかけると、京十郎は、やっとこっちをふりむいた。

「先生、ひとつ目小僧がうつった鏡って、これですか？」

京十郎が質問するのをきいて、ぼくも初めて気がついた。先生の家の玄関ドアの内側には鏡がくっついていた。全身をうつせる鏡が、ドアにとりつけられているのだ。鏡には、今こっちをふりむいた京十郎の後ろ姿がうつっている。

「そう、そう。その鏡だよ」

先生がそういうのをきいて、おマツも、こっちにやってきた。

「なに？　どうしたの？　鏡に、なんかうつったの？」

わりこむようにして、せまいキッチンにのりこんできたおマツは、あらためて玄関ドアに目をやって、

「うわ……」

と声をあげた。

「でっかい鏡……。これ、先生がくっつけたんですか？　それとも、最初からついてたの？」

「最初からくっついてたんだよ」

　広沢先生が答える。

「ドアに鏡がついてると、出かけるとき、身だしなみチェックができて便利なんだよ。オバケがうつるまでは気に入ってたんだけどなあ……」

　少なくとも今、鏡にはなにもあやし気なものはうつっていなかった。どこといってかわった所のない、ふつうの鏡に見える。

「ああっ‼」

　とつぜん広沢先生がさけんだので、ぼくは心臓がとまりそうになった。

「なに？　なに？　どうしたの？」

おマツもびっくりしている。

先生は、ぼくらを見まわすと、深刻な顔をしていった。

「ごめん。ジュース、一ぱい分しかないわ」

ぽかんとするぼくたちに、先生はいった。

「ちょっと、コンビニいって買ってくるから待っててくれ。その……、ほら……、なんか調査とか、しといてくれよ。すぐ帰ってくるから」

そういい残すと、先生はサンダルをつっかけて出ていってしまった。

オバケが出没するらしいワンルームマンションの部屋の中には、ぼくたちだけがとり残されたことになる。

京十郎は、まだ鏡を観察している。顔を近づけて、中をのぞきこむようにしてみたり、てのひらで鏡の表面をそっとなぜてみたり……。

「どう？　なんか、わかりそう？」

おマツもくつをつっかけて玄関に出ていく。ぼくも、一番後ろから、くつをつっかけて、こわごわ鏡をのぞきこんだ。

「特に、かわったとこはなさそうだけどなあ……」

京十郎がつぶやく。

「いわくのありそうな古い鏡ってわけでもないし……。鏡っていうか、これ、フィルムだぞ。両面テープで、ぴったりドアにはりつけてある」

「フィルム？」

おマツがききかえす。

「うん」とうなずいて、京十郎は説明した。

「ふつうの鏡はガラスでできてるだろ？　でも、これは、鏡みたいに見えるフィルムでできているんだ。だから、うすくて軽いってわけ。フィルム式の鏡っていうか……」

京十郎は、そういいながら、また、そうっと鏡の表面に右手をのばす。

「ガラスじゃないから、ほら、強くおすとひっこむだろ？」

そういいながら、表面にあてた五本の指に京十郎が力を入れるのがわかった。

平らだった鏡の表面が、五本の指のまわりだけわずかにへこむ……と、思ったそのとき、京十郎の指がずぶりと鏡の中にしずみこむのが見えた。

「ちょっと！　ホオズキくん、力、入れすぎ！　指がフィルムにめりこんでるよ」

「ちがう！」

京十郎がさけぶようにいった。

「ちがう！　力は入れてない！　かってにめりこんだんだ」

「え？　かってにめりこんだ？」

ききかえすおマツ。

「うわっ！」

と、京十郎がさけんだ。

「あっ！」

ぼくは、息をのんだ。

京十郎の右うでが、ひじの所まで鏡の中にめりこんでいる。

「ひ……ひっぱられる！」

めずらしく、京十郎があせった声でいった。

「ホオズキくん！」

「京十郎！」

ぼくとおマツは、ふたりで京十郎の左うでとかたをつかんだ。

ひっぱりもどそうとする、ぼくたちにさからって、なにか強い力が京十郎の体を鏡の中へひきこもうとしているようだった。まるで、京十郎をはさんで、ぼくらと、見えない力が、つなひきをしているみたいだ。

「なに？　どうなってんの？」

おマツが、ひっしに京十郎の左うでをひっぱりながらいった。

「だめだ！　どんどんひっぱられる！」

かたをひっぱりながら、ぼくがそういったとき、また見えない力がぐんと強まった。

「わっ！」と同時にさけんだとたん、ぼくたち三人は、ひとかたまりになって、鏡の中にひきこまれていたんだ。

鏡の中に入りこむしゅんかん、ひやりとした冷気の中を通りぬける気がしたが、なにかにぶつかるような感じはまったくなかった。

そして、ハッと気がつくと、ぼくたちは、先生のマンションの外に立っていた。目の前には、あの小さな公園が見える……。いや、ちがう。公園かと思ったが、よく見ると、そこは、うっそうとした木ぎとおいしげる雑草におおわれた森のような場所だった。

「ここ、どこ？」

ぼくは、あたりを見まわしながら、みんなにきいてみた。

「ドア、通りぬけちゃったのかな？」

そういって後ろをふりかえったおマツが、「あっ！」とさけんだ。

「マンションがない！」

ぼくたちは、ぼうぜんと立ちすくんだ。

今、通りぬけたはずの……、今まで、ぼくたちがいたはずの……先生のマンションは消えてしまっていた。

マンションのあるはずの場所にも、うす暗い森が広がっている。暗くて、深くて、どこまで広がっているのかわからないぐらいの大きな森だ。

「これって、もしかして、夢？」

と、ぼくのほっぺたを、おマツがいきなりギュッとつねった。

「いたっ！」

そうさけぶぼくを見て、おマツがいう。

「……てことは、夢じゃないんだよ！」

「人のほっぺたで、ためすなよ」

ぼくは、ヒリッとするほっぺたをさすりながら、おマツをにらんだ。

「シーッ！」

京十郎が、ぼくらをだまらせる。

「あっちだ。ほら、よく見てみろよ」

声をひそめて、京十郎が指さすさきに、ぼくとおマツも目をむける。

「なんか見えるだろ？ ほら、木と木のあいだに……。たぶん、家なんじゃないかな」

「あ、ほんとだ」

おマツがうなずく。ぼくにも見えた。森のおくに家らしきものが見える。見える……っていっても見えているのは、クリーム色っぽい家のかべの一部と、青緑色の屋根の一部だけだったけど……。

「いってみようぜ」

京十郎がいった。

「え？」

ぼくは、息をのむ。

「でも……。オバケが住んでるかもしんないよ。ひとつ目小僧の家だったらどうする？」

「どっちみち、ここでじっとしてるわけにはいかないわよ。ひとつ目小僧でもだれでもいいから、家……ていうか、先生のマンションに帰る道を教えてもらわなくちゃ」

おマツは、てきぱきといったが、ぼくはぜんぜん気が進まなかった。

「でも……」

と、まだためらうぼくのかたを、京十郎がポンとたたいた。

「まかせとけって。どんなやつが出てきてもだいじょうぶなように、各種お札を用意してきたから……。それに改良版クモの巣玉も持ってきてる。めずらしいオバケがいたら、つかまえないといけないからな」

クモの巣玉っていうのは、まえに一度、京十郎がオバケをつかまえようとして使ったアイテムだ。そのときはうまくいかなくて、結局、京十郎がクモの巣まみれになっただけだったんだけど……。

大はりきりの京十郎を見ても、ぼくの不安は消えない。本当にだいじょうぶなんだろうか？

「さ、いきましょ」

そういっておマツが歩きだした。京十郎も森のおくの家にむかって歩きだす。こうなったらしょうがない。ぼくも、ふたりの後ろにくっついていくしかなかった。

木立のあいだをぬい、草むらをかきわけ、ぼくと京十郎とおマツは、
鏡の中の森を進んでいった。
なにが待っているのかわからない、森の中の家にむかって……。

4 内科・オバケ科 鬼灯医院

森の中を進みながら、ぼくはびくびくとあたりに目をくばっていた。

今にも、オバケが出そうな、おっかない森だ。

京十郎とおマツは、平気な顔をして、どんどん目ざす家にむかって進んでいく。

とちゅう、がまんできなくなって、後ろをふりかえったぼくは、「あっ！」と声をあげた。

「なに？」

びっくりしたように、おマツが足をとめる。

「後ろ……後ろの森が見えなくなってる……」

ぼくは、今さっきまでぼくらが立っていたあたりを指さしていった。

いつのまにかぼくたちの後ろには、夕ぐれのようなスミレ色の闇が広がっていた。その闇が、木立もやぶも草むらも、すっぽりおおってしまって、そこにあるはずの景色がぼやけている。まるでスミレ色の闇が、景色をのみこんでしまったみたいなんだ。

「気にすんな」

京十郎がいった。

「とにかく、前進あるのみだ」

そういうと、またズンズン歩きだす。

そう！　オバケときくと前のめりになる、それが京十郎なんだ。

鏡の中にひっぱりこまれようが、森が消えようが、そんなこと、京十郎はちっとも気にならないらしい。

「いこ、ハシモト。じっとしてたって、しょうがないでしょ？」

おマツにうながされ、ぼくもまた歩きだす。

遠くに見えていた家が、だんだん近づいてくる。ぼくのむねのドキドキがだんだんはげしくなってきた。

先頭を進んでいた京十郎が家にたどりつく直前で足をとめた。あとひとつしげみをかきわけ、クヌギの木の下をくぐりぬければ、もう青銅の屋根をかぶったクリーム色のかべの家は目の前だった。

「玄関に、なんかカンバンがかかっているぞ」

京十郎はしげみのかげから、家の方をうかがうようにのびあがっていった。そのときだ。

ハアックショイ！

おっさんくさいくしゃみがきこえたかと思うと、ぼくの足もとに、サッカーボールくらいの大きさの、まるくて黒い、もやっとしたかたまりが、コロコロところがってきた。

「う、うわ！　なんだ、これ！」

足のまわりにまとわりつく、黒いけむりのかたまりみたいなボールを見て、ぼくがさけぶと、そのボールがまたゆっくりころがって、こっちを見た。

見たっていうのはつまり、そのボールにくっついたまんまるなひとつの目が、ころがったひょうしに、ボールの上側にきて、じろーりとぼくを見たってことだ。

そう！　そいつは、ひとつ目の黒くてまるいけむりのかたまりみたいなオバケだったんだ！

「ぎゃおう！」

と、ぼくはもう一度さけんだ。

ボールのオバケは、ぼくの足のまわりを
まだコロコロしている。コロコロしているくせに、
ひとつ目玉はじっとぼくからはなれない。

「出た！　出た！　出た！　オバケが出たー！」

おマツが、興奮してさけんだ。

しかし、京十郎は落ち着いている。

「おっ、スネコスリだな。

あんまりめずらしくないオバケだよ」

「なんとかしてくれよ！　京十郎！」

スネコスリをおっぱらおうと、地だんだをふんでいるぼくを、

京十郎は興味深そうに見つめた。

「あれ？　……ってことは、オバケが見えてるんだな？　マッサキもおマツも、ふたりとも今、スネコスリが見えてるってことか？」

「見えてる！　見えてる！　バッチリ、見えてる！　おまけに、オバケと目があってる！」

　ハアアアックショイ！

　また、そいつがくしゃみをした。スネコスリは、くしゃみをしたひょうしに、コロコロッところがって、ぼくの足からはなれていった。

　ハアックショイ！　ハアックショイ！　ハアアアアックショイ！

　くしゃみを連発しながら、スネコスリがころがっていく。しげみをすりぬけ、クリーム色の家の方へ……。

　ほっと息をつくまもなく、おマツがさけんだ。

「見て！　あっちからもころがってくるわよ！」

おマツの指さす方を見て、ぼくはゾゾッとした。あっちの木かげから、ひとつ目玉のスネコスリがまた一ぴき！

ヘェッショイ！　と、そいつも、くしゃみをしている。

ヘェッショイ！　ヘェッショイ！　ヘェッショイ！　と、クリーム色の家の方へころがっていく。

「お！　あっちにも一ぴき発見！」

京十郎がいった。

ゼクショイ！　ゼクショイ！　ゼクショイ！

へんてこなくしゃみをしながら、また一ぴき、スネコスリ登場！　そいつもクリーム色の家へと、森の中をころげていった。

「なんなの？　どうなってんの？　この森は、スネコスリの森なの？

スネコスリっていっつもくしゃみしてんの？」と、おマツ。

「スネコスリがくしゃみしてんのもふしぎだけど、マッサキとおマツ、ふたりそろって、オバケが見えてるのは、なんでだ？　トドメキ草の目薬もさしてないのに……」

　京十郎は、そこが気になるらしい。

　確かにそれは、ふしぎだった。ふつうなら、ぼくやおマツにオバケは見えない。鬼灯家に伝わる、トドメキ草の目薬をさせば、しばらくのあいだだけ、オバケを見ることはできるけど、京十郎みたいに、いつでも、どこでもオバケが見えるはずがないんだ。

　でも、今はちがった。ぼくにも、おマツにも、しっかりスネコスリが見えている。

　そんな話をしているあいだにも、ほら、コロコロ、コロコロ、何びきもスネコスリがクリーム色の家の方へ、森の中をころがっていく。どのスネコスリも、くしゃみをしたり、ゴホン、ゴホン、とせきをしたり、にぎやかだ。

「みんな、あの家にいくのかしら？　あの家、スネコスリの家なのかな？」

おマツがそういったとき、またべつのなにかが森の中に姿を現した。今度は地面ではなく、ぼくたちの頭の上だ。うす暗い木立のこずえのあたりで、ふわふわと白っぽいものがたなびいているので、見あげたら、四、五メートルはありそうな半とうめいのトイレットペーパーみたいなものが空をとんでいた。

おまけに、そのトイレットペーパーのさきっちょには、ふたつの目玉がついている。長い体の横には、どうやらうでらしきものが二本、ひら

ひらしていた。

「一反木綿だ……」

京十郎がそいつの方を見あげて、うっとりとつぶやいた。

「レア度は低いけど、こんなに長いやつを見たのはひさびさだ」

暗い森の中を、ゆるやかにとぶ一反木綿は動きにつれて、体が白っぽくかがやいたり、すきとおったり、ちょっときれいだった。

クシュン、クシュン、クシュン……と、小さく鼻をならすような音をたてながら、一反木綿は、ぼくらをむしして、クリーム色の家の方へまいおりていった。

「みんな、あの家に入っていくみたいね」

おマツがいった。

「あの家、オバケ屋敷なんじゃない？」とぼく。

「よしっ！　早くいってみようぜ！」

と、京十郎がいったそのとき、ザワザワッと、後ろで葉っぱのゆれる音がした。ふりかえった、ぼくらの目にうつったのは――。

「クヨクヨだ！」

だれよりも早く、ぼくがさけんだ。

「まずい！」と京十郎。

「まずいぞ。あいつに、とりつかれたら、たいへんだ！」

知ってる！　ぼくだって、クヨクヨがやばいオバケだっていうことは、よく知っていた。だって、まえにも一ぺん、こいつに遭遇していたからだ！

クヨクヨは、黒くて、巨大な、ナメクジみたいなオバケで、なんと目が十二個もついている。おまけに、くよくよ落ちこんでいる人間を見つけると、とりついて、その人の「くよくよ」をさらに悪化させる。クヨクヨにとりつかれた人は、くよくよマックスで、立ち直れないぐらい落ちこんじゃうらしい。じつにおそろしいオバケだ！

「いいな、みんな。くよくよするな！　くよくよすると、クヨクヨにとりつかれるぞ！」

京十郎が、ややこしいアドバイスをさけぶ。

「ホオズキくん、お札は？　お札持ってきたんでしょ？　各種お札！」

「う……うん。よし！　まかせろ！」

おマツにいわれて、やっと気づいたのか、京十郎は、あわててポケットの中をさぐり始めた。

「ええと……、これは、ちがう。キツネよけの札だ。これもちがう。こっちは鬼よけだ。……あれ？　これかな？　いや、ちがう。これは交通安全のお札だ……」

「なんで交通安全のお札なんか持ってきてんのよ！」

おマツがどなる。

「ひょええ！」

ぼくは悲鳴をあげた。

クヨクヨが、ズルリ、ズルリと、こっちに近よってきたからだ。

だめだ！　こわがっちゃだめだ！　「もうだめだ」なんて、くよくよしちゃだめなんだ。ポジティブなことを考えなくちゃ！

「こわくない！　ちっともこわくなーい！　ぜんぜん平気！」

できるだけ明るく、元気いっぱいいってみたつもりだったけど、ぼくの顔はこわばり、足はガクガクふるえ、声もかすれていた。

（やっぱり、オバケ調査なんかに来なきゃよかった。先生のマンションなんか来ないで、家でじっとしてればよかった）

クヨクヨは、そんなぼくの心の中のくよくよに気づいたのか、また、こっちに近づいてきた。

ズルリ、ズルリ、ズルリ！

「京十郎！　早くー！」

ぼくは、さけんだけど、京十郎はまだ、あたふたとポケットをさぐっている。どうやら、たくさんのお札を持ってきすぎて、どれがどれだか、こんがらがっているようだ。

「ちょっと待て！　ええと、これはカッパよけのお札で、こっちが山んばよけのお札で……」

「あわわわわ」

と、ぼくはあせりまくりながら、京十郎のかげに身をかくした。

ハッとしたように、おマツがさけぶ。

「ホオズキくん！　お札じゃなくて、塩！　クヨクヨには塩！　まえも、そうだったじゃない！」

「そうだ！　塩だ！」

と、ぼくも思い出す。以前、クヨクヨが出てきたとき、お札はききめがなくて、結局、京十郎は塩をまいて、そいつをやっつけたんだった！

「塩……、塩は……」

ポケットを必死にさぐっていた京十郎が、動きをとめた。

「塩は、持ってきてないぞ」

「えーっ!!」

ぼくとおマッは同時にさけんだ。

「どうすんのよ！」

おマッはおこっている。

「どうすんだよ！」

ぼくは、びびりながらさけんだ。

そのときだった。

クヨクヨが、ナメクジみたいな体を、ブカブカとゆらし始めたんだ。

ふにゃふにゃ、ブカブカ、波うつように体をゆらし、そして最後に——。

ブウワアアアックジョン！

クヨクヨが、でっかいくしゃみをした。

「うわぁ！」

なんか、ネバネバのものがとびちって、ぼくたち三人を直撃した。

きっと、クヨクヨのつばか鼻水だと思ったら、ゾッとした。

「やだ！　オバケに鼻水、かけられた！」

「くしゃみ、ひっかけられたあ！」

大さわぎするおマツとぼく。

さすがの京十郎も、必死にネバネバをはらっている。

ズルリ、ズルリ、ズルリ……。

クヨクヨは、そんなぼくたちを完全にむしして、やぶをすりぬけ、クリーム色の家にむかっていった。

「あれ？　あいつ、こっちに来ないぞ」

京十郎はふしぎそうに首をかしげた。

「クヨクヨも、あの家にいく気だわ」

おマツがクヌギの木かげから、クリーム色の家のようすをうかがって、そういった。

クヨクヨは、家の玄関の前にたどりつくと、頭の上につき出た目玉のひとつで、玄関のドアを、トン、トンとノックしている。その玄関のドアの上には、ちょっとかわった形の電灯がぶらさがっていた。

どっかで見たような形をした赤い電灯……。あれは……。そうだ！　ホオズキだ！　ホオズキ形の電灯だ！

ぼくがそう気づいたとき、電灯の下のドアがいきおいよくあいた。中から顔をつきだしたのは、黒いひげをはやしたあやし気な男の人だった。

その人は、おどろくようすもなく、玄関の前のクヨクヨをジロリと見おろすと、ハアッと大きなため息をついた。

「なんだ、おまえもカゼか？　病院の中は今、満員だ。
しばらく、そこで待っててくれ」
「……病院？」
京十郎がつぶやく。
「ねえ、見て！
あの玄関のドアの横のカンバン！」
おマツが指さすカンバンに目をむけた
ぼくは、びっくりして、
「あっ！」とさけんだ。
そのカンバンには、こんな字が書いてあった。
〈内科・オバケ科　鬼灯医院〉

5　もうひとりの鬼灯京十郎

びっくりしているぼくたちの方を、ひげのおじさんが見た。

おじさんも、びっくりした顔になった。

「おおっ！　おどろいたな。人間の子どもじゃないか！　なんで、こんな所にいるんだ？　おい、おまえたち、どうやって、ここに来た？　まさかおまえたちも、カゼをひいてるんじゃなかろうな？　ここは今、オバケの患者で満員だ。病院ならほかをあたってくれ」

よく見ればその人は、白衣を着て、首から聴診器をぶらさげていた。おでこのまんなかには銀色のおさらみたいな反射鏡までくっつけている。

「おじさんは、お医者さんですか？」

おマツが、ドアの前のクヨクヨと、その人を見くらべながらたずねた。

「ああ、そのとおり」

おじさんは、いばったようすでうなずいて、こういったんだ。

「わしの名は、鬼灯京十郎。『鬼の灯』と書いて『ホオズキ』と読む。この世にたったひとりのオバケ科の専門医だ」

「鬼灯京十郎⁉」

ぼくは、その人の名のった名前をくりかえして、ぼくのすぐ横に立っている京十郎とその人を見くらべた。

同姓同名？　こんなかわった名前の人がもうひとりいたなんて！

おマツもびっくりして、目をまんまるにしている。

その同姓同名の京十郎が口を開いた。

「オバケ科の専門医っていったよな？　そんなの、きいたことないぞ」

オバケの専門家といってもいい京十郎が『きいたことがない』っていうんだから、そのとおりなんだろう。ぼくだって、オバケ専門のお医者さんがいるなんて初耳だった。

「フン！」

あやし気なおじさんは、ばかにしたように鼻をならした。

「少年よ、おまえはなんでも知ってるような気になってるんじゃないのか？　おまえが思っているよりずうっと、世界は広いぞ。……いや、広いっていうのとはちがうな。世界はひとつじゃないんだぞ。いくつもの世界、いくつもの時空が、この世には存在するんだ。……いや、この世にっていうのもへんだな。この世も、あの世も、その世も……。とにかく、たくさんの世界があって、ここは、そのいくつもの世界がまじわる交差点みたいな場所なんだよ。わしは、時空の交差点でオバケ科の病院を開業している。ここなら、オバケたちも通院しやすいからな」

「フン！」

と、今度は京十郎が鼻をならした。

「もっともらしいことといって、だまそうったって、そうはいかないぜ。おまえ、オバケだな？　人間に化けて、おれの名前を使って、おれたちを化かそうとしてるんだろ？　正体を現せ、このへんてこオバケめ」

「うん？」

と、ひげのおじさんが首をかしげた。

「今、『おれの名前を使って』っていったか？」

「ああ、そうだよ」

京十郎がむねをはる。

「おれの名は、鬼灯京十郎だ。ほんものの鬼灯京十郎は、こっちだよ」

「おお！」

おじさんがさけんだ。

「おまえも、鬼灯京十郎か！」

反射鏡の下の目が、あやし気にかがやいている。

「なるほど、なるほど！　だから、ここに来られたんだな」

と、おじさんはうなずいた。

「この病院のまわりには、人間が近づかんように、いつも結界をはってあるんだ。むかしは、人間むけの内科もやっていたんだが、なにせ、オバケ科の医者は世界にたったひとり。オバケの患者だけでも、もう手いっぱいだから、人間はおことわりっていうことにしてるのさ」

ぽかんとしているぼくらの前で、おじさんは、ぺらぺらとしゃべり続

けた。

「それなのに、どーして、人間の子がのこのこ病院に来たのかと思ったら、なんだ、そういうことか。鬼灯京十郎だったのか。いやぁ、ようこそ！　ようこそ！　鬼灯医院へ！」

　そういうなり、ひげのおじさんは、病院の玄関からこっちに出てきて、なんと、京十郎の手をにぎって、ねつれつ歓迎の握手をした。

　ムッとしている京十郎に、ひげのおじさんが、にこやかに話しかける。

「そういうことなら、話はべつだ。オバケインフルエンザが大流行して、病院はてんやわんやだよ。ぜひ、手伝ってくれ」

「え？　手伝う？」

　京十郎がききかえすと、ひげのおじさんはうなずいた。

「うらの庭にテントをはって、インフルエンザの検査をやってるんだ。

インフルエンザにかかったオバケと、ただのカゼひきのオバケを区別するためにな。しかし、あとからあとからオバケたちが検査に来るもんだから、とても手がまわらなくて、こまってたとこだ。おまえたちが検査を手伝ってくれれば、わしは、診察に専念できる。いやあ、よかった、よかった。じつにいい所に現れてくれた」

「おまえたちっていうのは……、つまり……」

ぼくはおマツと顔を見あわせながら、おずおずとたずねてみた。

「ぼくたちのことですか？」

「そう、そう」

おじさんが、軽くうなずく。

「鬼灯京十郎とその他二名……。きみたちのことだよ。だいじょうぶ、かんたんな検査だから。綿ぼうをオバケの鼻の中につっこんで、鼻のあなのおくをこすったら、その綿ぼうのさきに、スポイトで検査薬をかける。赤くなればインフルエンザは陽性。青くなれば陰性ってことだ」

「オバケの……鼻の中に……、綿ぼうをつっこむ⁉」

ぼくは、ぎょっとして、ゾッとして、ブルッとふるえた。

「鼻がどこにあるかなんて、わかるかな？」

おマツが首をかしげる。もしかしておマツは、オバケのインフルエンザ検査をひきうける気なんだろうか？

「わからないときは、オバケにきいてみれば教えてくれるから、心配いらん」

「かみつかれたりしませんか？」

と、またおマツがたずねる。

ぼくは、そっとおマツのうでをつっついて、こそっと質問した。

「まさか、そんな仕事ひきうけないよね？」

「だいじょうぶ、だいじょうぶ」

ひげのおじさんがニコニコ答える。

「めったにかみつかないから」

「え？　めったに？」

そうぼくがききかえしたとき、京十郎がおこったようにいうのがきこえた。

「なんで、そんなこと、手伝わなきゃいけないんだよ。どうして、あやしいおっさんのいうことをきかなきゃなんないんだよ」

あやしいおっさんが、ジローリと京十郎のことをにらんだ。

「あやしいおっさんではない。わしのことはホオズキ先生とよびなさい」

「おまえは、鬼灯京十郎なんかじゃない！　鬼灯京十郎はおれだ！」

京十郎がむきになっていうと、あやしいおっさん……いや、ホオズキ先生はニヤーリとわらった。

「おまえも鬼灯京十郎。そして、わしも鬼灯京十郎なんだよ。いいか、少年。このいくつもの世界のまんなかにあるオバケ病院は、代だい鬼灯京十郎という者が院長をつとめるように定められているんだ。いくつもの世界には、いく人もの鬼灯京十郎がいる。わしや、おまえのようにな。そして、その、いく人もの鬼灯京十郎が順ぐりに、この病院の院長になるんだ。わしのまえの院長も鬼灯京十郎。そして、わしの次にこの病院をつぐのは、おそらく、鬼灯京十郎、おまえだぞ」

「え？　おれ？」

京十郎は初めておどろいたように、目の前の白衣の先生を見つめた。

ホオズキ先生がうなずく。

「おまえが今日、こうして、ここにやって来たのが、なによりのしょうこだ。ふつう、この病院に、人間は近づけん。しかし、おまえは、この病院によばれたんだよ。病院によばれたから、結界を通りぬけ、ここにたどりついたというわけだ。

じつはな、このわしも子どものころに、一度ここに迷いこんだことがあるんだ。そのとき、わしは、おまえと同じように、わしと同姓同名の鬼灯京十郎先生に出会い、おまえと同じことをいわれたのさ。『この病院を次につぐのは、きっとおまえだ』ってね。そして……、そう。このとおり、わしは、世界でただひとりのオバケ科の医者になった。あのときの予言どおり、オバケ病院をついだのさ。ちなみに、わしは二五六代目の院長だ。おまえは、たぶん二五七代目の院長になるはずだ」

「おれが、オバケ病院の次の院長？　二五七代目の……？」

ぼうぜんとする京十郎の横で、ぼくとおマツもただびっくりして、ホオズキ先生の話をきいていた。

だまりこんでいるぼくたち三人にむかって、ホオズキ先生が、力をこめていった。

「わかっただろう？　だから、手伝ってくれといったんだ。どうせ、いつかは、この病院をつぐんだからな。今のうちに、ここの仕事を経験しておくのも悪くはなかろう？　そういえば、わしが、むかし、ここに迷いこんだときも、先代の院長にカルテ整理を手伝わされたっけ……。まだパソコンのない時代だったからたいへんだったなあ……」

そうしみじみいってから、あらためて、ホオズキ先生は、京十郎を見つめて問いかけた。

「どうだ？　インフルエンザ検査、手伝ってくれるかな？」

「わかったよ」

と、京十郎がうなずいた。

「おっさん……、いや……、ええと、ホオズキ先生の話をすっかり信じたわけじゃないぜ。けど、オバケのインフルエンザ検査なんて、経験できるチャンスはめったにないからな。OK。検査を手伝うよ」

「あたしも手伝います」とおマツ。

「ぼくは、いやです」といいたかったんだけど、ひとりだけそんなこといえる雰囲気じゃなかった。

「じゃ……、ぼくも」

小さい声で、しかたなくぼくも答える。ああ、だけど……！

「検査場は、こっちだ」

というホオズキ先生にくっついて、建物のまわりをぐるっとまわり、テントをはった庭に足をふみいれたとき、ぼくは、思いっきり後悔した。

病院の建物のうらに広がる庭は、おおぜいのオバケたちでいっぱいだった。

「すっご……」

おマツも絶句している。

「うわっ！　うわっ！　うわっ！　すっげえ！」

京十郎は興奮していた。

「おい！　見ろよ！　ひとつ目小僧がいる！　あっ！　あっちにヌリカベ！　むこうにカッパがいる！　すげえ！　カマイタチだ！　うっそ！　カラスてんぐまで！　すごいぞ！　絶滅危惧種が大集合してるなんて！　いろんなオバケをいっぺんに見られるなんて、夢みたいだ！」

こんなにいろんなオバケといっぺんに遭遇するなんて、こわすぎる！　どうして、検査を手伝うなんていっちゃったんだろう！「ぼくも」なんて、いわなきゃよかった……。

「ねんのため、魔よけの護符をはっておこう」

とホオズキ先生がいった。

「これをはっておけば、オバケからは、おまえたちの姿が見えない」

そういうと先生は、ぼくたち三人の

背中にそれぞれ、護符をはりつけてくれたんだ。

「どうして、ここのオバケは見えるんですか？　ホオズキくんはべつだけど、あたしたち、ふつうはオバケなんて見えないのに……」

おマツがホオズキ先生に質問した。

「ここは、さまざまな世界が交差する、そのまんなかにある場所だからな。そっちの世界では見えなくても、ここでは見える。そういうものさ」

ホオズキ先生は、なんでもないようにいったけど、オバケがバッチリ見えるせいで、ぼくはこわくてたまらなかった。

ふと見れば、さっき玄関前で待っているようにいわれたクヨクヨまで、いつのまにか、満員の庭のすみにやってきている。

オバケたちはみんな、くしゃみをしたり、せきこんだり、はなをすすったり、にぎやかだった。

「オバケインフルエンザって、人にはうつらないんですか？」

ぼくは不安になって、先生にきいてみた。

「うん。その点は心配ない。さいわい、オバケインフルは人間には感染しない。オバケ百日ぜきとか、オバケはしかは、まれに人にもうつるようだが、インフルエンザはだいじょうぶだから、安心しなさい」

ぜんぜん安心なんてできなかったが、とにかく、ぼくと京十郎とおマツは、オバケたちのインフルエンザ検査にとりかかることになったんだ。

テントの下で、綿ぼうをかまえ、ぼくはオバケとむきあった。

6 オバケインフルエンザ検査

テントの下には、長机と長いすがおいてあって、京十郎がまんなかにこしをおろした。

ぼくは京十郎の右横、おマツは左横にそれぞれすわって、ズラリとならんだオバケたちのインフルエンザ検査を開始する。

ひしめくオバケたちの行列の中から、まずぼくの前にやってきたのは、あのスネコスリだった。黒くてまるい、けむりのかたまりのような、ほこりのかたまりのようなやつ。まるい体には、目玉がひとつ。

でも、鼻ってどこだ？　こいつの鼻のあなって、一体どこなんだ？

綿ぼうをつっこむあなが見つからなくて、ぼくはあせった。

ホオズキ先生がはってくれた護符のおかげで、ぼくの姿はスネコスリには見えていないはずだったけど、でっかいひとつ目玉が「早くしろ」と、こっちをにらんでいるようで、おっかない。

こわごわ顔を近づけて鼻のあならしきものをさがしてみたけど、やっぱりわからない。

しかたないので、あてずっぽうに、目玉のちょっと下のあたりを綿ぼうでつっついてみる。

たちまち、スネコスリが「ブー！」と声を発して、とびあがった。どうやらまちがったらしい。

「ごめん！　すみません！」

と、あわててあやまる。

すると、スネコスリはまるっこい体の横から触覚みたいな長いうでのようなものをのばして、頭のてっぺんの所を指さしてみせた。

「え？　そこ？」

ぼくは目をまるくする。

「スネコスリの鼻のあなって、頭の上にあるの？」

スネコスリは、まるい体をゆすって「フニャラ、フー」と、わからないスネコスリ語を発しながら、頭のてっぺんを指さし続けている。

「そう！　てっぺんにあるんだよ」といったのか、「早くしろ、バーカ」といったのか……？　とにかく、そこに鼻があるということらしい。

そう理解して、スネコスリの黒くてもやもやしたまるい体のてっぺんを見てみると、なるほど、ちっちゃなあながひとつ！　どうやら、それが鼻のあならしい！

「じゃ、綿ぼう入れますよ。すぐすみますからね」

といいながら、ぼくは、そのあなに綿ぼうをそうっとつっこんだ。

今度は、スネコスリは「ブー！」とはいわず、とびあがりもせず、おとなしくしている。

あなの中をよく綿ぼうでこすり、ひきぬいたら、その綿ぼうのさきっちょに、スポイトで検査薬をチュッとかけてやる。

たちまち、綿ぼうのさきが赤くそまっていった。

「はい。お気の毒さま。あなたはインフルエンザです。すぐホオズキ先生の所にいってください」

スネコスリは「ムー」というと、コロコロころが

りながら、ぼくの目の前から消えていった。きっと、ホオズキ先生の待つ診察室にむかったのだろう。

（いっちょうあがり）

と、ぼくは心の中でつぶやきながら、京十郎とおマツのようすを横目でうかがった。京十郎の前には、一反木綿がいた。

「へえ、一反木綿にも鼻があるのか……。知らなかったなあ」

京十郎がのぞきこむと、一反木綿の顔には、ふたつならんだ鼻のあなが現れた。京十郎がそのあなのかた一方につっこんだ綿ぼうをひきぬくと、ふたつの鼻のあなはまた消えてしまった。

「なるほどな。とじたり、あけたりできるようになってるわけか……。おもしろい！　じつにおもしろい！」

検査薬をかけながら、京十郎はつぶやいている。綿ぼうのさきは、やっぱり赤くそまった。

「はい。インフルエンザ確定。おっさんの所へ……じゃなくて、ホオズキ先生の所へいってください」

京十郎にいわれ、一反木綿はくしゃみをしながら、ヘロヘロ建物の方へとんでいった。

おマツの方を見たぼくは「え？」と首をかしげてしまった。おマツの前に立っているのは、オバケには見えなかった。どう見ても、人間のお姉さんだ。ロングヘアーのきれいなお姉さん。

おマツも、綿ぼうをかまえたままとまどっている。

「あのー。ここ、オバケのインフルエンザ検査場なんですけど……」

おマツがそういったとたん、そのお姉さんの首が、スルスルッと一メートルばかり空にむかってのびるのが見えた。げっ！　ろくろっ首だ！

「あ、失礼。ろくろっ首さんですね。では、検査しますよ」

おマツがそういうと、ろくろっ首は長い首をクニャリとくねらせ、顔をテントの下につきだした。

おマツが、ろくろっ首姉さんの鼻にそうっと綿ぼうをさしこんでいる。その綿ぼうをぬいたとたん、ろくろっ首は「くしゅん」とひとつくしゃみをした。

検査薬をかけると、おマツの持った綿ぼうのさきは青くなっている。

「インフルエンザではありませんよ。よかったですね。どうぞ、おうちへお帰りください」

おマツにいわれたろくろっ首姉さんは、のばしていた首をスルスルッともとにもどした。

「ありがとう。ちょっとのどがいたくって、せきが出るんだけど、ただのカゼってことね。オバケインフルエンザじゃないなら、人間の町の病院でせきどめシロップでも処方してもらうことにするわ」

そういって歩みさっていく、ろくろっ首姉さんの後ろ姿を、ぼくは思わず目で追ってしまった。もしかすると、ぼくの町にもろくろっ首が住んでいるかもしれないな、と思ったからだ。

そのあと、ぼくたち三人は、オバケのインフルエンザ検査をてきぱきと進めていった。

ぼくの前にはしばらく、次から次へとスネコスリがやってきたけど、鼻のあなの場所がわかっているから、もう手間どることはなかった。

頭のてっぺんの鼻のあなに綿ぼうをつっこみ、ひきぬいた綿ぼうに検査薬をかけ、次つぎにかたづけていく。

スネコスリたちの検査結果は、ほとんどが陽性だったから、みんな、コロコロ、診察室にころげていった。

京十郎もおマツも、どんどん検査を進めている。好調、好調と思っていたら、いきなり京十郎が「うおーっ！」とさけび声をあげた。

ぎょっとして、目をやると、京十郎の前には、なんと、三つの頭を持ったヘビみたいなオバケが……。

長机の上に、ちょこんと乗っかった、そのヘビにむかって京十郎は、ほとんど、くっつかんばかりに身を乗りだしている。

「ワ……ワ……ワムワムだあ！」

京十郎がそうさけぶのをきいて、ぼくは思い出した。

キリン公園で京十郎と京四朗の双子兄弟がさがしていた、超レアなオバケっていうのは、こいつのことらしい。

「すみません！　握手してもらってもいいですか？」

京十郎がヘビにむかって、わけのわからないことをいっている。ワムワムに手なんてないのに、興奮しすぎて、とりみだしているようだ。

ワムワムの三つの頭は、三びきそろって首をかしげている。ワムワムからは、京十郎が見えていないはずだから、ワアワアさけんでいる声をきいて混乱しているのだろう。

「トゥルリララ……」

一つ目の頭がとつぜん、美しいメロディーのような声でなき始めた。

「トゥルルルルリラ」

二つ目の頭が、さそわれたようにうたいだす。

「トゥリルラリルラ……」

三つ目の頭がうたうと、三つの頭は、すきとおったハーモニーをかなでながら、語りあうように、しばらくなき続けた。

ぼくも、おマツも、ワムワムのハーモニーに、思わずうっとりききほれてしまった。だけど……、あっ、たいへんだ！　京十郎がランランと目をかがやかせている！　なんと、京十郎はかた手に綿ぼう、もうかた

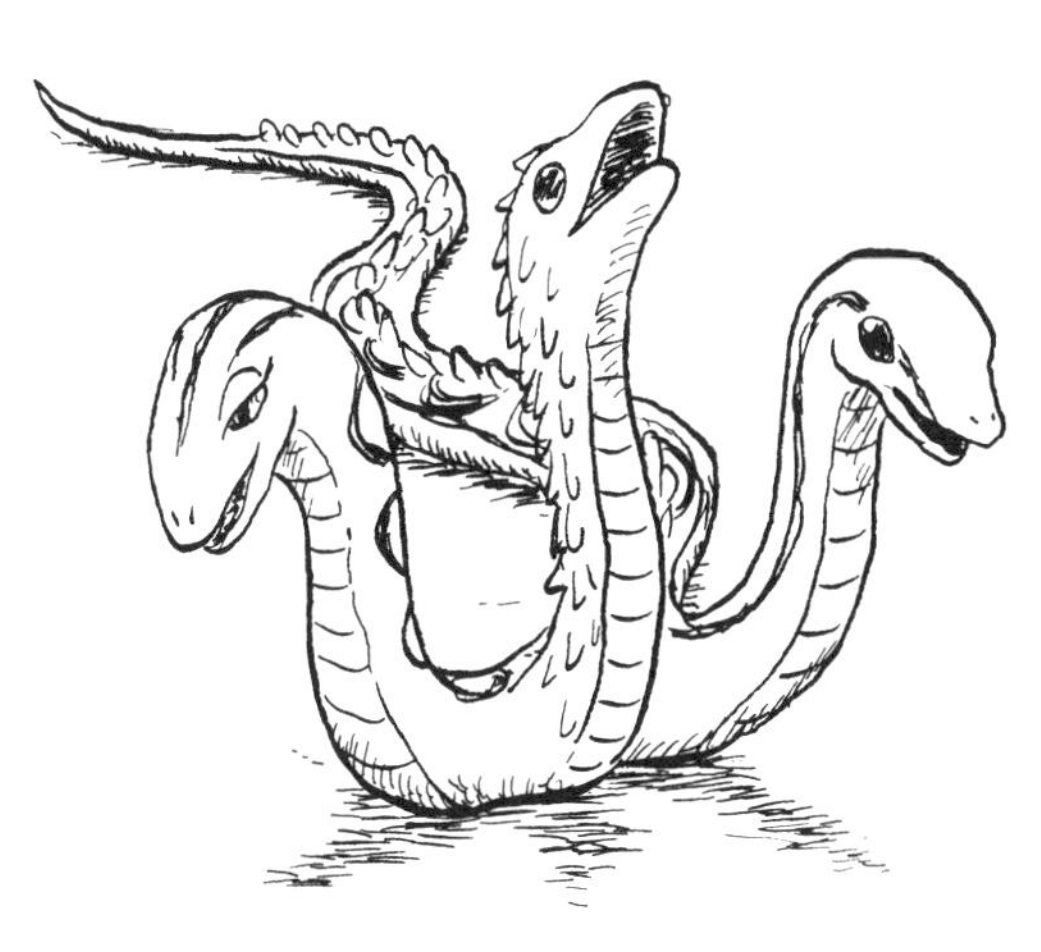

一方の手に、あのクモの巣玉をにぎりしめているじゃないか！

「おい！　だめだってば！」

と、ぼくは、京十郎にささやいた。

「つかまえたりするなよ。このワムワムは、病気にかかってるかもしれないんだぞ。ちゃんと、インフルエンザ検査をしなくっちゃ……」

京十郎がぼくのことばに、ハッと息をのむのがわかった。まるで夢からさめたように、ぽかんとして、ぼくの顔を見つめている。

そして、「ハァッ」と大きく深呼吸すると、京十郎はにぎりしめていたクモの巣玉をそうっとポケットの中におしこんだ。

「……そうだな。検査しなくっちゃ……」

京十郎は、まんなかのワムワムの鼻のあなに、綿ぼうをつっこんだ。

綿ぼうをひっこぬいたとたん、右はしの頭が「クシュン」とかわいいくしゃみをした。

「はい。インフルエンザ陽性です」

綿ぼうのさきに検査薬をふりかけた京十郎が、ワムワムに告げる。

「診察室の方へいってください」

「トゥルルルリラ」

「ラリリラルララ」

「リラリルゥリトラ」

三つの頭は、口ぐちに美しい声をひびかせながら、スルリと長机をすべりおり、診察室の方へ、くねくねとはっていってしまった。

「ハアアアアッ……」

と、京十郎が、残念そうに深いため息をもらした。

ぼくたちは、次つぎにオバケのインフルエンザ検査を進めていった。

確かに、この病院には、ぼくたちの町では見たことのないオバケがいっぱい集まってきていた。

トドメキ草の目薬をさしたとき、学校で見かけたのは、虫みたいなオバケばっかりだったけど、この検査場には、ワムワムだの、カッパだの、ヌリカベだの、有名どころのオバケたちがどんどんやってくる。

まあ、京十郎が興奮するのもむりはない。オバケ好きの京十郎には、天国みたいな所だったんだろう。

ぼくにとっては、オバケにかこまれるなんて、どっちかっていうと、地獄だったんだけどね。

でも、ぼくたちがてきぱきと検査を進めたおかげで、あんなにぎっしり庭をうめつくしていた検査待ちのオバケたちも、少しずつ数が減り、庭はしずかになっていった。残るオバケは、あとちょっと。

「次のかた、どうぞ」

そういって、目の前にやってきたオバケを見たぼくは、ぎょっとした。

ぼくの前に進み出たのは、あのクヨクヨだったんだ……。ヌルヌルした巨大な体から、十二個の目玉をつきだしたクヨクヨが、すぐ目の前にいる。腹のあたりについたでっかい口も見えた。でも……。

（でも、こいつの鼻って、どこだ？　どこに、綿ぼうをつっこめばいいんだろう？）

おっ？　そのとき、ぼくは、あならしきものを見つけた。でっかい口の、ちょっと下の所に、あなひとつ。

（よし！　これだ！）

こいつの鼻のあなも、スネコスリと同じくひとつだけらしい。

迷わずぼくは、そのあなに綿ぼうをつっこんだ。すると――。

クヨクヨがとつぜん、体をよじりはじめた。

「フヒョヒョヒョヒョヒョ……」

体をよじって、頭をふりまわし、目玉をのばしたりちぢめたりするクヨクヨを見て、ぼくは、あっけにとられた。クヨクヨが、あんまりあばれるものだから、長机がガタガタして、テントの屋根もかしいでいる。

「ちょっと、ハシモト！　なにやってんのよ！」

おマツのどなり声がとんできた。

「だって、鼻に綿ぼう入れたら、こいつ、あばれだしたんだもん！」

「フヒョヒョヒョヒョヒョ……」

クヨクヨが、また声をあげて身をよじる。

京十郎が、長机をおさえながらどなった。

「ちがう！　それ、鼻じゃなくて、へそだぞ！　へそに綿ぼう入れられれて、くすぐったがってんだよ！」

「えっ？　えっ？　えっ？　鼻じゃなくて、へそ？」

ぼくは、大あわてであなから綿ぼうをぬきとった。

やっと、クヨクヨがおとなしくなる。

ほっと、ぼくは息をついた。

「もうっ！　気をつけてよねっ！　ハシモト」

おマツがぶつぶついったけど、そんなこといわれたってしょうがない。

「じゃあ、だれか、クヨクヨの鼻のあながどこにあんのか、教えてよ！」

ぼくは、ムカッとして、ふたりにいってやった。

「そんなの、きまってるだろ？」

京十郎が、カラスてんぐの鼻のあなに綿ぼうをつっこみながらいった。

「頭の上だよ。ほら、一番でっかい目玉と目玉のあいだんとこ」

「え？　頭の上？　目玉のあいだ？」

ぼくは、急いで、おとなしくなったクヨクヨの頭の上に目をこらした。

「本当だ！」

と、思わずさけぶ。

「あなが三つ、あいてる！　これかな？」

「それ、それ」

京十郎がうなずく。知ってるなら、最初っから教えてくれればいいのに……と思いながらぼくは、クヨクヨの三つならんだ鼻のあなの右はしのひとつに綿ぼうをさしこんだ。

ひきぬいた綿ぼうに、検査薬をかけるぼくの目の前で、クヨクヨは、ぶるりと体をふるわせた。

綿ぼうのさきっちょが赤くそまる。

「はい、結果、出ましたよ。陽性です。あなたは、オバケインフルエンザにかかってます。早く、ホオズキ先生の所へ……」

そこまで、ぼくがいいかけたとき、クヨクヨが、ふにゃふにゃ、ブカブカと、波うつように体をゆらした。

そして、最後に――。

ブウウワァアアックジョオン！

ぼくはまた、思いっきりクヨクヨのくしゃみをあびたのだった。

7 ホオズキのすず

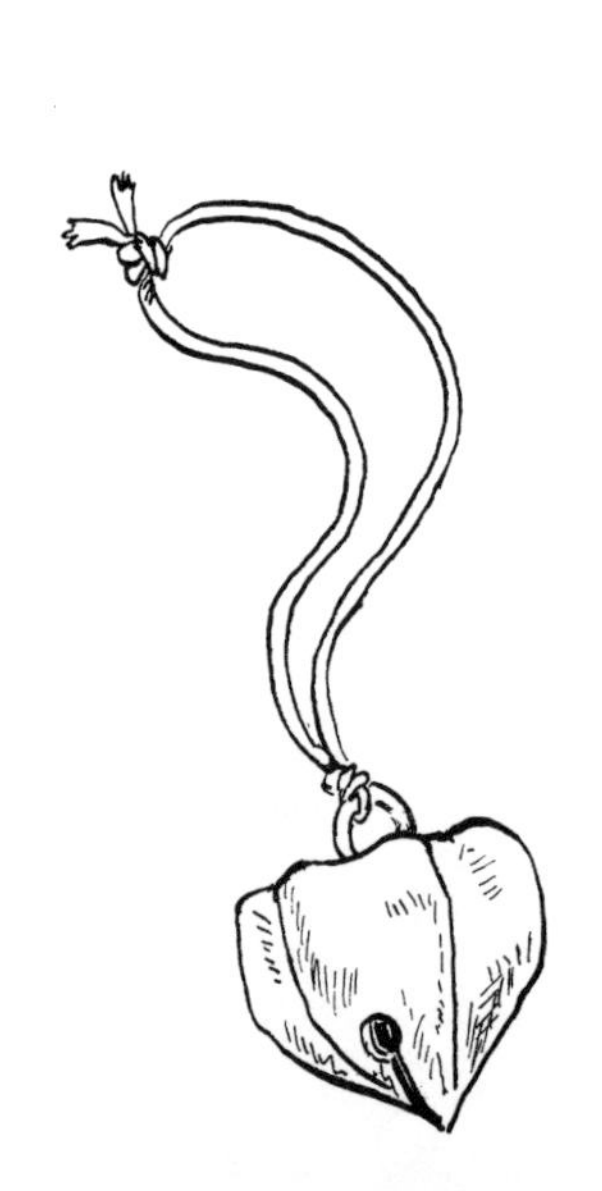

とうとう、オバケのインフルエンザ検査が全部終了し、ぼくはほっとひと息ついた。おマツはあまった綿ぼうをひとまとめにして、かたづけにとりかかっている。

京十郎が、ラストのサルみたいな毛むくじゃらのオバケの検査をおえ、

「青色だ。ヤマワロさん、陰性だよ。インフルエンザじゃないってこと」

といっている。それが、その日最後の検査待ちのオバケだった。

たのまれた仕事を全部かたづけたぼくたちは、もといた先生のマンシ

ヨンに送り届けてもらおうと、ホオズキ先生のようすを見にいくことにした。

オバケたちがいなくなってガランとした庭からは、ホオズキ先生の診察室の窓が見えていた。大きなガラスばりのフランス窓だ。

中では、白衣を着たホオズキ先生が黒い回転いすにすわって、パソコンにむかっているようすが見えた。先生のむかいのいすには、カラスてんぐがすわっている。

ぼくと京十郎とおマツが、フランス窓の方に近づいていくと、ホオズキ先生はそれに気づいて、パソコンからこっちに顔をあげ、「待っていろ」というようにうなずいて見せた。それから、インフルエンザにかかっているカラスてんぐにことばをかけた。

「では、インフルエンザ用のバケルーザという薬を出しておこう。これは、一回だけのめばきくという画期的な新薬だ。家に帰ったら、さっそくのみなさい。たっぷり水分をとって、ゆっくり休むこと。そうすれば、すぐによくなるから。ただし、熱がさがったからといって、すぐにフラフラとびまわるんじゃないぞ。一週間は養生するようにな」

カラスてんぐは先生にぺこりと頭をさげ、バケルーザ入りの薬袋をうけとると、フランス窓と反対側にあるドアをあけ診察室から出ていった。

ひとりになったホオズキ先生が、いすをはなれて、ぼくらの方へむかってきた。フランス窓をあけ、ぼくたちとむきあうと、先生はからっぽになった庭を見まわし、満足そうにうなずく。

「おお！　すばらしい！　すっかり検査はおわったようだな。おかげで、わしの診察もはかどったぞ。ご苦労、ご苦労」

「いわれたとおり、お手伝いしたんで、もとの場所へ送ってもらえませんか？」

ぼくは、身をのりだすようにして、ホオズキ先生にたずねた。

「ああ、いいとも。お安いご用だ」

と、ホオズキ先生がうなずく。

「あの……、すみません……」

おマツがぼくの横で口を開いた。

「あたしたち、神ノ森の公園前にある担任の先生のマンションの鏡にすいこまれて、ここに来ちゃったんですけど……。三か月ほどまえに、その部屋にひっこしてから、先生はときどき、鏡にうつるオバケを見たり、部屋の中で気配を感じたり、せきやくしゃみの音をきいたりするっていうんです。なんか心あたりありませんか？」

「神ノ森の公園前……？」

ホオズキ先生が考えこむ。

「どのあたりの公園だ？」

そうたずねられ、おマツは、ポケットに入ったままだった案内の地図をとりだして、広げた。先生が、マンションまでの道順をプリントのうらにかいてくれた、あの地図だ。

ホオズキ先生が、地図をうけとり、じっと目をそそぐ。そして……、

「なるほど、そういうことか」

とうなずいた。

「どういうことですか？」

すかさず質問するおマツに答えて、ホオズキ先生は説明してくれた。

「あのあたり一帯は、神ノ森の名前のとおり、もともとは守神神社という神社の土地だったんだよ。むかしは木ぎがうっそうとおいしげり、昼

なお暗い森が広がっていたらしい。その当時から、森の北東の大きな岩の根もとには、むこうの世界とこっちの世界をつなぐ通路の出入り口があった。

時代がうつり、神社はなくなり、森もしだいに切りはらわれて消えてしまったが、出入り口だけは今も残っている。確か二年ほどまえまで、あそこは、コインパーキングだったと思ったが、そこにマンションがたったんだな。そのマンションの中のおまえたちの先生の部屋の鏡が、ちょうど、出入り口と重なっているということだろう。だからオバケたちはしかたなく、その先生の部屋を横切って、鏡を通って、この病院にやってきているというわけだ」

「じゃあ、先生の部屋は、オバケの通り道になっちゃってるっていうことですか?」

おマツが、びっくりしてたずねるので、ぼくも思わず、

「なんとかならないんですか？」

ときいてみた。

「ううん……。そうだなあ……」

と、ホオズキ先生が考えこむ。

「まあ、確かに、このさきもずっと、病院通いのオバケたちが人間の家の中を通りぬけてくるっていうのは、望ましい状態ではないな。オバケインフルエンザなら人間にはうつらんが、中には、オバケ百日ぜきのように、まれに人間に感染する病気もあるからな……。しかたない。あの出入り口は、こちら側からかぎをかけて、閉鎖することにするか。気の毒だが、オバケたちには、しょうしょう不便でも、べつの出入り口を使ってもらうことにしよう」

先生がそういいおえたとき、京十郎が初めて口を開いた。

「べつの出入り口？　もしかして、あっちの世界と、この病院のある場所をつなぐ出入り口は、ほかにもあるってこと？」

「もちろんだ」

ホオズキ先生がニヤーリとわらった。

「出入り口は、あちこちにある。ただ、ふつう、人間はその出入り口に立ち入ることができないから、だれも気づいてないだけさ。

出入り口のとびらをあけて、ここに来られるのは、オバケか、おまえみたいに、この世界によばれたやつだけだからな」

「この世界に……よばれた……」

京十郎が、かみしめるように、そのことばをくりかえすのがきこえた。

「さあて」

ホオズキ先生はそういいながら、フランス窓を通り、ぼくらのいる庭に出てきた。白衣のポケットにかた手をつっこんだまま、ふらふらと庭のはずれのレンガべいの方へ歩いていく先生にくっついて、ぼくらもゾロゾロへいの前まで歩いていった。

へいの前でホオズキ先生がくるりと、ぼくらの方をふりかえる。先生の後ろには、レンガべいのとちゅうにもうけられた、アーチ形の小さなくぐり戸が見えた。

先生がポケットから手をぬきとったとき、リリンと小さな音がひびくのがきこえた。見れば、小さなすずが先生の指さきにぶらさがっている。

ホオズキの形をしたひもつきの小さなすずだ。どうやら、ポケットの中からつまみだしたようだ。

三人ならんだぼくと京十郎とおマツにむかって、ホオズキ先生は、小さなくぐり戸のとびらをさし示しながらいった。

「さあ、どうぞ。少年少女しょくん、お帰りはこちら」

木戸のわきに立つホオズキ先生が、ひもにぶらさがるすずをふる。

リリーン、リリリリリーン。すんだすずの音がなりおわったとたん、先生がくぐり戸のとびらを大きくひきあけた。すると――。

「あっ！」

ぼくたち三人は、そろって声をあげてしまった。だって、開いたとびらのむこうには、なんと広沢先生の部屋のせまい玄関が見えていたんだ。

「え？　どういうこと？　どうなってんの？」

おマツが、ぶつぶつといった。ぼくにも、さっぱりわけがわからない。

「このホオズキのすずは、とびらのかぎだ。このかぎを持っていれば、とびらはいつでもあけられるのさ」

ホオズキ先生にそういわれても、やっぱりさっぱり、わけがわからなかったけど、とにかくこれでもとの世界に帰れるんだと思ったら、ほっとして、元気がわいてきた。

「それじゃあ、これで、失礼します」

別れをおしむまもなく、おマツがそういって、とっととくぐり戸を通りぬけていく。

「おじゃましました！」

おくれてはならじと、ぼくもあわてて、くぐり戸のむこうにとびだした。そしたら……。

おお！　ぼくはもう、先生の部屋の玄関に立っていたんだ！

信じられない気分でふりかえると、すぐ後ろの玄関ドアの鏡の中に、ホオズキ先生の家の庭がうつっていた。

ぼくたち三人の中でただひとり、京十郎だけがなごりおしそうに、むこうの世界でぐずぐずしている。

「おい！　京十郎！　早く来いよ！」

ぼくが声をかけると、やっと決心したように大きくひとつ息をすい、京十郎が鏡の中からこっちにもどってきた。

京十郎の体が鏡を通りぬけたしゅんかん、そこにうつっていたむこうの世界の景色がぼやけ始めた。

そのぼやけていく景色の中から、ホオズキ先生の声がひびいた。

「おい、鬼灯京十郎。おまえにこれをやろう」

鏡の中から、リンと音をたてて、なにかがこっちにとんできた。

ハッとしたように京十郎が、それをうけとめる。

にぎりしめたこぶしを京十郎が開くと、そこにはあのホオズキのすずが、キラリと光っておさまっていたんだ。

「えっ？　これって……」

ぼくが目をまるくしていいかけたとき、急に玄関のドアがいきおいよくあいた。

「お待たせーっ！」

といいながら、中に入ってこようとしたヒロヒロは、玄関にかたまっているぼくたちにはばまれて、足をとめた。

「なんだ、なんだ？　みんな、どうした？　深刻な顔して、そんなとこにかたまって……。出たのか？　もしかして、オバケが出たのか？」

「出たっていうか、なんていうか……」

ぼくは、どういえばいいのかわからなくなって、おマツの顔を見る。

「先生、とにかく、調査は終了しました」

「え？　もう終了？」

先生は、びっくりして、ぼくたちの顔を見まわした。

「さっきから十分もたってないじゃないか」

「え？」

今度は、ぼくたちがびっくりして、先生の顔を見かえした。

先生は、ジュースやおかしの入った袋をぶらさげて、玄関に入ってきながら、バルコニーのある部屋の方を指さした。

「ほら、時計を見てみろよ。コンビニにいってきただけだからな。出てってから、まだ七分しかたってないぞ。ずいぶんかんたんな調査だなあ」

ぼくと京十郎とおマツは、顔を見あわせながら、先生にくっついて部屋のおくにもどっていった。

バルコニーの窓のそばにかかった、まあるいかべかけ時計を見あげたとき、ぼくたちは息をのみ、もう一度顔を見あわせてしまった。

時刻は、一時二十一分。ぼくたちが先生の家に到着してから、たった十一分しかたっていない！

鏡の中にひきこまれ、あやしいオバケ病院にいって、あんなにたくさんのオバケのインフルエンザ検査を手伝って帰ってきたっていうのに、鏡のこっち側では、ほんのちょっとしか時間がたっていなかったんだ。

先生の買ってきたジュースをのみながら、おマツが調査結果を報告した。

マンションの先生の部屋が、オバケたちの通り道になっていたらしいこと。こことここではない世界をつなぐ出入り口が、玄関ドアの鏡と重なっていて、オバケたちは、そこからむこうの世界に出入りしていたらしいこと。その出入り口を封鎖することで、もうオバケが出ることもなくなるだろうということ……。

鏡の中を通りぬけてぼくたちがいった、あやしいオバケ病院のことや、京十郎と同姓同名のへんてこなオバケ医者のことは話さずに、おマツはそれだけを先生に報告したんだ。

広沢先生は、ぼくらの話をどうもうたがっているようだった。

「たった七分で、そんなこと、どうやって調べたんだ？　まあ、これで、本当にオバケが出なくなれば、バンバンザイだけどさ……」

そういってから、先生は思い出したようにいいたした。

「そういえば、このマンション、たってまだ二年なのに、この部屋だけは、四回も人が入れかわっているんだよ。まえに住んでた人たちも、オバケを見たのかもなあ……」

今ごろそんなことをいっているなんて、やっぱりのんきな先生だ。

こうして、ぼくたち、オバケ探偵団による広沢先生の家のオバケ調査は終了した。

どうやら、その後、先生がオバケを見たり、気配を感じたりすることはないようだから、きっと、ホオズキ先生はことばどおり、あそこの出入り口にかぎをかけて閉鎖したんだと思う。

京十郎は、ホオズキのすずをならして、どこかほかの場所にもあるという出入り口をさがしている。

どうしても、もう一度、あのオバケ病院へいって、もっといろんなことを教わりたいんだって、いっていた。ぼくなら、もう二度とあんな所には近よりたくないけどなあ……。

あのあやし気なホオズキ先生がいったことばは、本当だろうか？

オバケ病院の次の院長は、京十郎？ そういえば、あんなに思いっきり、クヨクヨのくしゃみをあびたのに、ぼくが熱を出すことはなかった。オバケインフルエンザが人にはうつらないというのは本当らしい。

だからこそ、ぼくは、ちょっぴり不安になる。もしかして、ホオズキ先生のいっていたことは全部、本当なんじゃないかって……。

京十郎はやがて、オバケ科の医者になってどこか遠くへいってしまうんじゃないかって……。

鬼灯京十郎のなぞの人物ファイル

No.1

オバケ科の専門医
鬼灯 京十郎

レア度

出現場所
ほとんどはオバケたちがくらす世界にいるが、人間の世界にも自由に行き来できる。

プロフィール

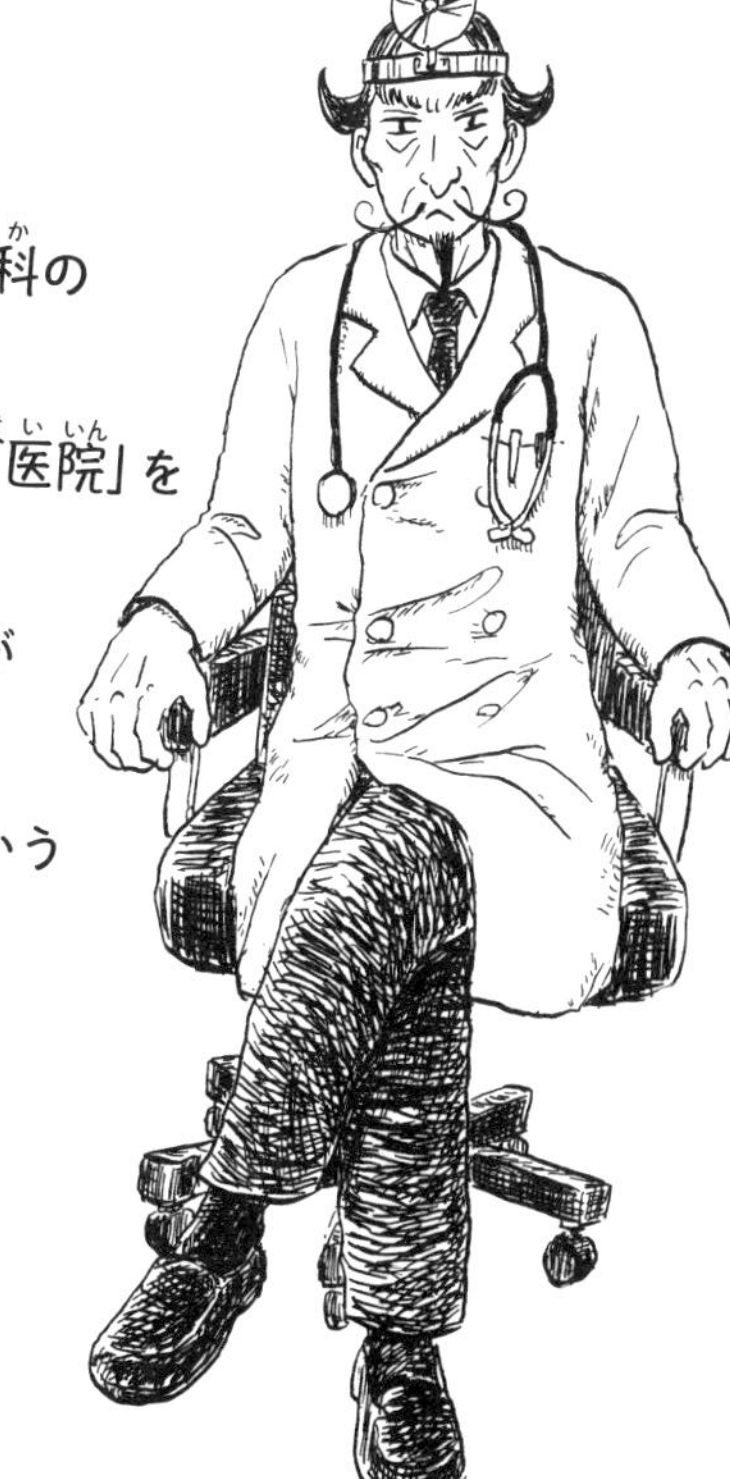

世界にたったひとりしかいないオバケ科の専門医。人間の内科医でもある。
オバケの世界で「内科・オバケ科　鬼灯医院」を開業し、はんじょうしている。
どんなオバケのどんな病気もみることができる名医（らしい）。
その病院は、代だい、「鬼灯京十郎」という名前の者が院長をつとめている。

富安陽子

とみやす ようこ

1959年、東京に生まれる。和光大学人文学部卒業。『クヌギ林のザワザワ荘』（あかね書房）で日本児童文学者協会新人賞、小学館文学賞、「小さなスズナ姫シリーズ」で新美南吉児童文学賞、『空へつづく神話』で産経児童出版文化賞、『盆まねき』（以上偕成社）で野間児童文芸賞、産経児童出版文化賞フジテレビ賞を受賞。そのほかに「内科・オバケ科　ホオズキ医院シリーズ」（ポプラ社）「菜の子先生シリーズ」（福音館書店）「シノダ！シリーズ」「博物館の少女シリーズ」（以上偕成社）「妖怪一家九十九さんシリーズ」（理論社）など多数の作品がある。

小松良佳

こまつ よしか

1977年、埼玉県に生まれる。武蔵野美術大学視覚伝達デザイン学科卒業。児童書の挿絵の仕事を中心に活躍し、自作の漫画も発表している。富安陽子氏との作品に『竜の巣』「内科・オバケ科　ホオズキ医院シリーズ」（以上ポプラ社）『ほこらの神さま』『それいけ！ ぼっこくん』（以上偕成社）があり、ほかに「お江戸の百太郎シリーズ」『つむぎがかぞくになった日』（以上ポプラ社）など多数の作品がある。

ホオズキくんの
オバケ事件簿(じけんぼ)
6

オバケは鏡(かがみ)の中(なか)にいる!

2023年9月　第1刷
作／富安陽子　絵／小松良佳

発行者／千葉 均
編集／松永 緑
装幀／岡﨑加奈子(ポプラ社デザイン室)
フォーマットデザイン／宮本久美子

発行所／株式会社ポプラ社
〒102-8519　東京都千代田区麹町 4-2-6
ホームページ www.poplar.co.jp

印刷／中央精版印刷株式会社
製本／島田製本株式会社

ISBN978-4-591-17909-3 N.D.C.913 / 134P / 21cm

P4149006

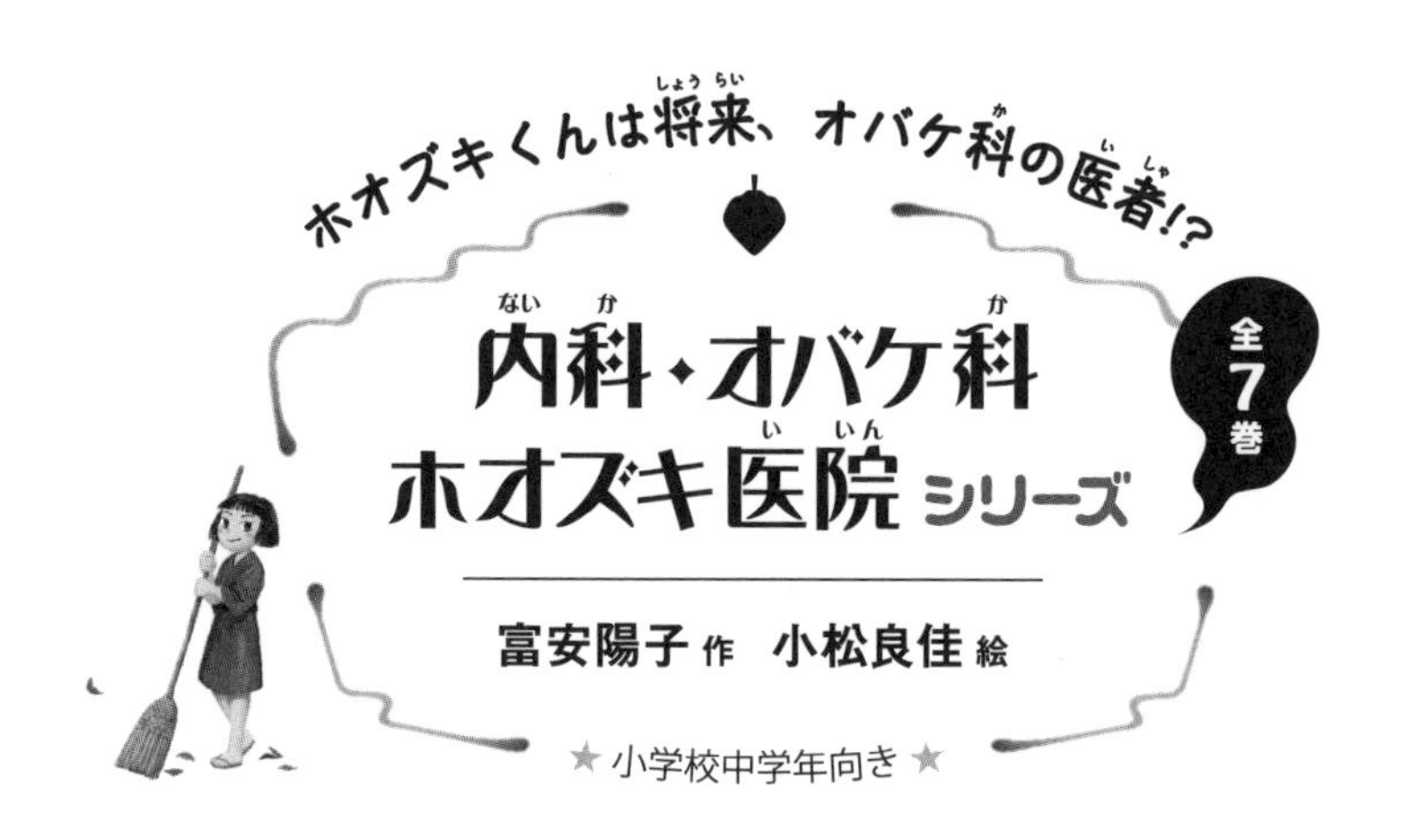

オバケだって、カゼをひく!

ある日、道にまよった恭平がたどりついたのは、世界にたった1人しかいないオバケ科の専門医、鬼灯京十郎先生の病院だった!

学校のオバケたいじ大作戦

鬼灯先生が、恭平の小学校の健康診断にやってきた!　そして、恭平は学校のオバケたいじを手伝うことに……。

オバケに夢を食べられる!?

いい夢を食べて悪い夢を見せるオバケをつかまえるため、鬼灯先生と恭平が、きのうの夜の世界へタイムスリップ!

ぼくはオバケ医者の助手!

鬼灯先生のお母さんから、むりやりオバケの往診にいかされた恭平。待っていたのは、雪女!　そして、患者の正体は!?

タヌキ御殿の大そうどう

うっかりオバケの世界に入りこんだ恭平は、タヌキの若君の病気をなおすため、またもや鬼灯先生の助手をすることに!!

鬼灯先生がふたりいる!?

マジックショーのポスターに、鬼灯先生そっくりの魔術師の写真が!　おどろいた恭平が先生に真相を確かめにいくと……?

SOS! 七化山のオバケたち

鬼灯先生によびだされ、恭平は変わり者のオバケたちが住む七化山へむかった。そこでは、体が石になるなぞの病気が!